ENGLISH

Title

Canadian Heroes Collection by Lia Ramsay
English Edited by Jacqui Corn-Uys
Formatted by draft2digital.com
French Translation by DeepL Pro
Front Cover Image by grandeduc
Copyright 2021 Lia Edward Ramsay
Ebook ISBN: 978-1-989115-07-7
Print ISBN: 978-1-989115-08-4

The Last Soldier
Chapter 1 – 2050

The planet went to shit while the men with the resources to do something about it raced each other to the edge of space. I live underground; I am a soldier. I have no name. The Generals just call out to me as "You there." That might change soon if I can survive the trials.

"You there!" a bearded General called.

"Sir?" all fifteen trainees replied in unison. I noticed him pointing to me, so I stepped forward.

"Your time has come. For eighteen years we've trained you; now you prove your strength in the trials!"

Smiling, I donned my gel bodysuit in front of everyone, along with the other trainees, and marched down the corrugated steel halls past our aging water purifier and greenhouse room to the forbidden zone – the blast door that sealed off the trial site.

General Zai – the bearded one – used his access card to unseal the trial site. What was inside shocked me: a sterile white room filled with reclined dentist-like chairs surrounded by robotic arms that held needles. General Zai gestured and I sat in the indicated chair, filled with nervous trepidation.

"You were raised as one, now you become the other," General James began as the needles slowly descended towards us trainees in our sweat-drenched gel bodysuits. Pain seared through my whole body when the needles finally dug in. I could feel every muscle I knew burning while a persistent ache permeated in the background.

Eventually, I blacked out. I don't know how long the trials took, but by the smile on General Zai's face, it seemed I'd done okay.

"You there," he exclaimed, pointing at a delirious me. "You survived, and as such have passed the trials. As your sponsor, I name you Strength."

"Strength . . ." I muttered, smiling like a fool while I tried to stand. My body felt amazing, though when I looked down, I was shocked to find I was very different. The revelation caused me to pass out.

When I finally awoke, I found myself lying in a pitch-black room.

"I understand the transition is a trying one, but you're okay. When I turn the lights on, you'll be in your power armour and visible traits such as what shocked you so will be hidden," General Zai said.

Light blasted me in the face, but my helmet's visor kicked in and automatically acted like sunglasses, shielding my now enhanced sight. My eyes darted around the room as my panicked brain instinctively expected danger.

"You're fine, Strength, now rise," General Zai commanded gently.

I stood to attention, anchoring my eyes on General Zai, a person who'd been like a father to me. It calmed me slightly.

"Sir, if I may, where is everyone else?" I asked.

"Dead. Only you survived the trials," General Zai said, a hint of sadness in his stoic delivery. Part of me wanted to cry for them, but ultimately, I just felt numb. All of us were just "You there". Not permitted any hobbies or distinguishing traits. Our lives were spent fighting each other, working out, and training at the shooting range. All to hone our bodies for this day when we'd pass the trials and emerge ready to reclaim the surface world for the Generals. Now I was the only survivor. I finally had a name: Strength. Doubtless, General Zai gave me this name to represent that he wanted me to be strong, which I'd have to be to reclaim any part of the supposedly desolate above-ground by myself.

Dread began to fill me. I knew the order was coming.

"Strength, your orders are to scout the surface for habitable land with water. Our purifier is failing. Now that it's just us Generals down here, we'll last a few months, but only if we're lucky. I've filled your suit's water reserves. To keep your suit's hydro-nuclear generator running, you'll need to keep up the water levels as much as possible. And remember: strenuous activity will drain the cell faster. Right now, you have three months of run time. Come with me." General Zai gestured and I followed, sure we'd be headed to the bunker's armoury.

Once General Zai buzzed us in, I was met with a familiar sight: guns, bows, knives, swords, ammo, more power armour suits, power cells, and practice dummies that were much worse for wear. Casually, I grabbed two combat knives, a sniper rifle, a collapsible compound bow, a short sword, and a quiver of twenty-four arrows. General Zai helped me strap the knives to the hips of my armour while General James strapped the sword, quiver, and rifle to my back. To finish the absurd ensemble, I filled my chest pouches with armour-piercing rifle ammo – ten mags of twelve rounds each.

I turned to look in the mirror. The armour left things like gender ambiguous, as it covered my whole body in tank-like white plating with red accents. My visor was a stretched V-shape and blood red. I looked like a garishly striking knight mixed with a super-soldier. I'd trained in de-powered armour before to feel how heavy two tonnes are without assistance, so I knew when the General cautioned about water, he meant it.

"This armour is your home, but if you don't heed it, this armour will be your tomb," General James would always caution.

"Sir, why do I need all of these weapons?" I asked, inwardly dreading the answer.

"Drone surveillance of a forty-kilometre radius shows multiple cities in Ontario have fallen to bandits. Close quarters combat is all well and good, but you have to be mindful of water usage, so it's better you be equipped to the hilt," General Zai reasoned.

"Did the drone give any indication of ground conditions?" I asked.

"Pollution is heavy, so keep your helmet on at all times unless safe or eating. The suit's electrolysis process will keep you supplied with oxygen. Heatwaves exceed the one-point-five-degree global projections, so grab water where you can to keep the suit running or the heat will dehydrate you in minutes. Finally, flash floods are common and the grounds are littered with West Nile carrier ticks during dry spells. You will want to steer clear of using filthy water if possible, to avoid gunking up your suit's systems, but if in a pinch, I put cloth filters in with your rifle ammo."

"Thank you, sir," I said as General James released my chest plate to show me the water intake valve one last time.

Once I selected the button on my hologram display of my visor with by blinking, the chest plate resealed. To top me off, General James handed me a bag filled with ration bars, some steel rope, and a Swiss army knife.

"Normally your suit would be forest camo-green, but as the last known representative of Canada, the greatest nation, we opted for our flag's colours."

"I'll stick out like a sore thumb . . ."

"Yes. But you're highly bullet resistant up to sustained fire from .50 calibre armour-piercing rounds, or even light RPG barrages. Neither of which are common among the rabble. Drone footage shows mostly small arms and makeshift weaponry can be expected," General James explained.

I sighed; the stoic reminder of my impervious state wasn't as comforting as he likely hoped.

"Strength, today you leave the bunker in the hopes that you'll find diplomatic solutions to our problems so that humanity can retake Canada for the next generation. The colours of your suit should ever remind you of that underlying purpose. Though if peace can't be had diplomatically, feel free to secure it as you see fit," General Zai finished as they led me one last time past the green room and water purifier towards the bank vault-like entrance to our home.

Both Generals keyed in their IDs and the vault-like door squealed open on its giant ribbed track. Blinding white light and a wave of heat met us. I nodded goodbye to General Zai, then charged headlong into the wastes while the door sealed behind me.

Powered up, my armour felt weightless despite weighing over two tonnes with my gear. I knew I only had three months, at best, to retake my Generals' country. Easy. At least, I hoped it would be. With my enhanced sight, I could make out a caravan being harassed by bandits. Two targets, distance 200m. I unfastened my rifle and loaded a magazine. Two shots, two kills. For a moment, I was proud of my proficiency until I saw the bloodied corpses with holes blown through their heads. I began to sweat, and I felt like vomiting. Growing up, we only trained at war; we only sparred together. Sure, the Generals showed us historical war footage, but that couldn't prepare me for taking a life. I took a minute to breathe.

One hundred eighteen rounds remained before I'd have to switch to my bow. Concentrating on my ammo count calmed me and kept me focused as I headed carefully toward the caravan, ready for its owner to turn on me. I expected a reaction of fear; after all, it's not every day a red-and-white fully armoured eight-foot-tall hulk of a person marches up to you.

"Hi," I said.

"Greetings," he replied, a rusty gun over his shoulder. He was about six feet tall and built like a bodybuilder, but had an easy smile under his handlebar moustache. He had two horses that towed a jerry-rigged trailer filled with assorted tools and parts.

"The name's Dave, many thanks for the save, what brings you to these parts?" he said.

"I'm Strength. Soldier of Canada under General Zai. My mission is to re-take this land from the bandits and secure water for my people by any means necessary."

Dave looked at the corpses of the bandits then back to me like I was some sort of anomaly.

"I see that. Y' know, I can't make out who's under there due to the modulation of your voice. You a guy or girl?"

"I am Strength."

". . . Okay, Strength, well what say you to a temporary alliance. You keep us safe and I'll help you navigate Ravagok city. That's the bandit name for Toronto."

"Deal."

We walked for a good twenty minutes until we came upon a giant wooden gate. Dead bodies on pikes lined the roadside. Most of them were women who'd had their bodies exposed before death.

"Harlots," Dave explained sadly. "The Overboss Graveburn takes in women until they irritate him and this happens." I stayed silent but under my helmet, I felt enraged.

"In this world, you're either useful or you're meat," Dave finished as he knocked on the giant gate.

"Who is it?" a gravelly voice called out.

"Dave Johnson, with a guest."

"Oh! Dave, welcome back, bud. You fixing the boss's HVAC has him in a really good mood, you know!"

"Good to hear it, Jenkins."

Jenkins grunted as he pushed the giant gate open. When his eyes fell on me, his jaw dropped and he pulled out a dirty Glock.

"The hell are you?" he exclaimed.

"I am Strength," I said stoically.

"Put your gun down, Jenkins, they're here to see the boss," Dave said, smiling his easy smile.

"Like hell, they're clearly a warrior; if they're going anywhere, it's to the pits!"

"What are the pits?" I asked.

"A fighting arena created by the latest bout of flooding. Muddy ground, last man standing type deal. Winner gets an audience with the boss," Dave explained.

"Easy," I said.

"Then it's settled, follow me."

We followed Jenkins deep into the city, past hordes of dirty people who looked at me with a mix of awe and fear. Dilapidated skyscrapers lined the muddy streets. Old cars were strewn around the buildings, their fuel long since spent. Most buildings were in some state of water damage or disrepair, but the closer we got to what I assumed was the centre of the city, the more lively things began to look. Well-fed armed goons accosted makeup-wearing escorts advertising their bodies on the side streets and alleyways. Children played openly in the streets, unfazed by all the guns and adult activity around. I felt queasy as I'd only ever seen my fellow trainees nude, and the Generals always dressed properly, never carrying arms. The debauchery on display here was unbefitting of a Canadian city. Children deserved to be in training, kept away from the rabble until trial day . . . though I guessed trials didn't happen here outside of in the pits themselves.

Chapter 2 – The Pits

Maybe twenty minutes later we reached a sign that read: The Pits. This would be my second trial, and my one chance to negotiate for water. I hoped I wouldn't have to kill many people to get it, but the Generals were relying on me so I'd do what had to be done.

"Dave, buddy, can you come fix my fridge today?" a bulky man growled.

"Sure thing, Bruiser, right after I sign my friend here up for a round in the pits."

"Name?"

"Strength."

"Seriously?"

"Your name is Bruiser..."

"Fair. Fine, you're signed up. No rules, go in, kill, get out alive. Simple. See you in the pits tomorrow."

The Next Day

My body ached furiously. Living in the armour wasn't ideal even with my gel bodysuit. Though admittedly, being armoured left me feeling confident – impervious even. I guessed I'd find out how true that was soon enough.

"Good morning!" Dave said, having met me in his living room. Dave lived in the penthouse of one of the few skyscrapers in good repair, a perk of being the guy the boss calls to fix stuff.

"Why'd you let me stay here?" I asked.

"I figured you had nowhere to go. And if you wanted to hurt me, you wouldn't have saved me from those bandits yesterday. Don't overthink it." He smiled his easy smile. I relaxed, then set about checking my gear. Once that was done, we headed back to the entrance of the pits, where Bruiser was waiting with an eerie smile.

"Last chance to back out," he said.

"I'm fighting," I replied.

"So be it."

With that, the doors were pulled open by Bruiser's goons. Inside was an utter shit show of chaos: downed buildings, dead bodies, and people milling about with their guns drawn on each other. I'd heard gunshots all night long

8

from Dave's place, so a bunch of corpses being here didn't much shock me. But I was surprised by the number of men, women, and even children still standing. Disturbingly, all the kids were armed. For their sake, I drew my rifle to try to look intimidating before I spoke. "Retreat now all of you and I'll let you live!" I yelled.

Jeers and laughter permeated the muddy street. Over the laughter, a bull-horn sounded. "Kill the fancy one and bring me that armour. Anyone who fails to try will be executed," a deep voice boomed.

I figured that had to be Graveburn. I could see a light coming from a pristine skyscraper in the distance, outfitted with a PA system. If I survived, that's where I'd be headed next. To my dismay, no one retreated, in fact, Bruiser let more people in, himself included.

"Fine," I muttered and opened fire. I had 117 rounds . . . 105 . . . 93 . . . 81 . . . I stood my ground as my rifle sang out 69. Then my rifle jammed, so I drew my sword. I was rushed on all sides by men, women, and kids with an assortment of weapons. Every shot they fired pinged off of my armour like it was nothing. The whole time I stood there, I found myself worried the kids would be caught in the crossfire or hit by a deflected shot meant for me. I cut down three men. Inadvertently, I stood in the epicentre of a circle of corpses. Some bandits backed off momentarily, so I skillfully cleared the jam in my rifle with one fluid motion, sheathed my sword, and resumed firing into the unnervingly growing crowd of adults. 57 . . . 45 . . . 33 . . . 21. Another jam. I found myself wondering how many people there were in this shithole of a city. I cleared the jam with less than two mags left. Calmly, I resumed counting till the click of my rifle sang zero. Yet more still came.

I drew my sword in one hand as I dropped my rifle and vaulted over the shallowest pile of corpses. Screaming children that I'd ignored up to that point and let attack me, insisted on following. So in between stabbing and cutting through terrified adults, I systematically disarmed any child I could reach and spent any ammo they had into whom I could only assume were their parents. Counting each kill kept me focused and distracted me from the growing anxiety I felt. I found myself wondering if the water was even worth it; these people couldn't even hurt me. It was a tragic mismatch. The enemy numbers began to thin as I slashed away at what remained. My pristine red-and-white armour was splattered with blood and mud from all the combat manoeuvres and death I'd dealt.

After countless desperate people lay slain at my hand, I decided enough was enough. I'd push to the tower and kill the Overboss myself. The wails of crying children chased me as I charged toward the tower. I had to make this all count. Upon entering the Overboss's tower, I was met with heavy resistance. So, floor by floor, I warned, negotiated, and killed my way upward. My conscience was growing heavy; all I could think about were the crying, scared kids I left in the dust. But any attempt to dissuade my foes from meeting their untimely end fell on terrified, deaf ears. Eventually, I went back to silently counting until finally, after twenty floors, I found the penthouse and effortlessly kicked in the door.

Overboss Graveburn sat on a throne made of wood and a car's seat. I was bothered by the fact that he sat alone, smiling.

"You're good. Join me?"

"You should've asked that before sicking your scared people on me." I walked towards him, enraged.

"What are ya doin'?!" he said, shaking.

"Finishing this fight." I rammed my sword through his neck, then casually decapitated him. As I walked back down through the building, carrying Graveburn's head, the wails of children in my mind quieted ever so slightly. A notification on my visor warned me that I had one month of charge left. I'd burned two months of fuel just in one fight. I could feel myself beginning to sweat nervously; what if I couldn't find water? Shoving the thought from my mind, I reemerged into the pits and carefully stepped around all of the fresh corpses. I felt horrible. Thoughts of regret and doubt swirled in my mind. Had any of it mattered?

I counted twenty children all eyeing me with a mixture of fear, awe, and hatred. Then I saw Dave casually jogging into the pits.

"Are you here to fight?" I warned.

"God no, I'm here to congratulate our new Overboss, Strength."

I grimaced. "I don't want to be Overboss, I'm a soldier."

"You've no choice, bud. You toppled the king and so become king. Simple."

In full view of all survivors, I hoisted Graveburn's head and tossed it into the pits. "You're all free from fear. No longer will anyone command you to fight or die. Live on!" I ordered. I don't know if I expected cheers or adulation, but mostly people just stared.

Suddenly someone yelled, "All hail Overboss 200!" and people erupted into cheers. Men and women rushed me, exposing themselves to try to gain favour.

"Enough!" I commanded. "I've no interest in sexuality or being Overboss . . . and why 200?"

"To commemorate the over 200 you slew today!" the man said. It made me wonder what Graveburn did to earn his name.

"Dave, you're my second-in-command as of now. Where can I get water?" I asked.

"Follow me," Dave said, and together we exited the pits. I wasn't eager to come back. A horde of abandoned and orphaned children chased us.

"Go home," I commanded.

"We have no homes thanks to you . . ." one boy said and glared. I looked at Dave, who shrugged.

"I have an idea; come with me. We'll get water later," I said.

I led my group to Dave's cart. Without instruction, he cleared the cart and loaded the kids on.

With that done, we began the roughly twenty-minute trek to my old home. When we got there, the vault-like door was sealed. I waved at the security camera. Moments later, the door creaked open, revealing a smiling General Zai.

"Sir, I've taken an enemy base with access to water. I request that you take these children in and prepare them for the trials," I reported calmly, with my hands behind my back.

"Good work, Strength. I'll gladly take in new recruits, though our water purifier won't like the strain . . . I suppose that won't matter much longer." He turned from me to the children in Dave's cart.

"Today you are no one. You will be called *You There* until such time as you pass the trials. I am General Zai, your new father. You will obey me wholeheartedly or you will die. Any questions?" No one spoke, either out of fear or spite. I could tell by the look in one boy's eyes he'd be hard to train. Once the children were led into my home, General Zai turned to me.

"Strength, your orders are to hold your new position and build up a fighting force to expand outward. Also, I want regular shipments of water brought here weekly." I looked to Dave and he nodded.

"Any questions?" General Zai asked.

I nodded. "I need weapons."

Together with General Zai, I loaded Dave's cart with guns and blades. With that done, I saluted the General, turned on my heel, and we left.

"What are the trials?" Dave asked.

"A process by which a child becomes a soldier," I said casually.

"Is it safe?"

"No, of the last batch I was the only survivor . . ."

"Are you sure that's a good idea for those kids then?!"

"It's all I know . . . In this they have a chance, otherwise, they would've died as orphans. It's the best I could do for them."

Dave didn't seem convinced, but he just shrugged and broke out into a random song about his horses. I wasn't listening.

When we got back to Ravagok, I had to wade through crowds of people calling me 200 and throwing themselves at me. Dave helped me get water for my suit, then we focused on getting the weapons into my new skyscraper.

"What's next, boss?" Dave asked.

"Now we pyre the dead."

Dave chuckled. "Are you sure you don't want to strip them and put them on spikes?"

I just glared at him under my helmet. The silence said enough.

"Good idea, I'll gather dry wood."

We set about building a massive pyre, then loaded all of the bodies on it. Dave looked at me, I nodded, and he tossed the match. A while later, the air was filled with acrid smoke. I couldn't smell anything, but I looked at Dave, and he was crying.

"Are you okay?" I asked.

"Some of them were my friends . . ." Dave said.

"I'm sorry."

"You may've killed them, but it wasn't your fault. That bastard Graveburn caused this. And now he's dead, so vengeance is pointless!"

"Save your energy. You'll need it for training."

"You gave the people your word they'd be safe; no more forced war!"

"I did. And I meant it. Only volunteers will be trained and guaranteed water. I have orders to expand our reach."

"Expand it to where exactly?"

"I'm to retake Canada for the Generals."

"They expect one person to reunite a country? Suicide mission much?"

"Not as long as I can keep my armour stocked with water."

"So what if you're basically bulletproof, one person can't handle all that death!"

"I can." I said it assuredly, but I wondered if he had a point.

Chapter 3 – All That Death and More

"What are your hobbies, boss?" Dave suddenly asked me.

"What?" I replied.

"What are your hobbies? You must like to do something."

"War."

"And?"

"War."

"You're messing with me."

"Negative. I was raised for war; I live for war."

"Again, I have to ask: you think that's a good life for those kids?! Seriously?"

"Yes. It's their best chance at life in this world. They were already being raised for combat; this will simply strengthen them and prepare them for success."

"You're mad," Dave grumbled.

I was irritated. "And? What are your hobbies?"

"I sing."

"I noticed, and how does that prepare you for survival in this world?!"

"It doesn't . . ."

"So it's useless to worry about hobbies. As you said: one is useful or they're meat."

Dave looked sad. "You're wrong. A person needs a thing that brings them joy, especially in this world."

Although Dave stood six feet tall and was built like a bodybuilder, at that moment, he appeared to have the innocence of a child. He noticed I was ignoring him as we headed to the pits, so he broke into a song about puppy dogs and peace or some such. I wasn't listening. All I could think about was the hate in that boy's eyes. Would he find Dave's joy as a soldier? It wasn't my place to question. General Zai would make great warriors of each of those kids; warriors we'd need for the fights to come. I'd done the right thing. Dave was wrong.

Once we reached the pits, Dave handed me a bullhorn. "People of Ravagok, I am Strength. I'm seeking an army to advance through Toronto and retake it as a great hub of Canada! Any volunteers will train under me and be guaranteed water. However, I promised you all peace, so no one will be conscripted. I say again: service is completely voluntary, guaranteed weapons and water during training and service. Should no one volunteer, I'll do it myself." I lowered my bullhorn and waited. People milled around me, going about their days with fear in their eyes when they looked my way. After twenty minutes, no one had volunteered. Only fools hoping to garner favour dared approach. I dismissed them all. Meat was of no use; I needed the useful.

"The mass murderer Overboss 200 preaches peace?! Do you think we're stupid, or fool enough to be patriotic to a dead country? The Canadian government abandoned us all to hide underground with the rich elite. Did you forget that??!" a big blonde man shouted. I was shocked at his bravery to face me and by what he said.

"I was taught little of the surface world . . . But you're wrong, the government has not abandoned you. As we speak, the Generals train more to be like me, to be strong, to be ready to civilize the surface!" I said strongly.

"Ah yes, the twenty children you abducted after murdering their families! No doubt they're being brainwashed into being as dumb as you! Fuck your army, do it yourself!" The man flipped me off then marched away; a cohort of nervously like-minded followed in his stead.

Dave chuckled anxiously. "Well, looks like you made yourself an army alright, one that stands against you. Look, he's even taking your guns."

"Worry not. I have all of the armour-piercing rounds," I said, gesturing to my retrieved and somewhat muddy rifle. "Democracy is, as ever, built on disagreement. Tell me, will you let me train you, or would you rather stay everyone's best friend, Mr. Fix-All?" I asked seriously.

Dave huffed. "Fine, train me. Can't hurt to have more skills."

One Month Later

Dave sang, shot, and sliced his way through my rigorous training regiment, becoming highly proficient with his new rifle. I almost broke his wrist during CQC training. My armour and augments made me super strong, so I had to be very careful not to cause undue harm. Unfortunately, he was weak in CQC so I decided he'd be my sniper and spotter. That way he'd stay out of direct danger for the most part. Thanks to Dave's many contacts around the city from his days as a handyman, we'd conjured up ten trainees: four men and six women, and just enough guns to arm them. For the most part, I kept them doing generic target practice since most of them, especially the women for whatever reason, were experienced brawlers. Dave offhandedly mentioned that they had to be tough these days to avoid being assaulted.

Our unit would come under fire far sooner than Dave or I had hoped, thanks to the untimely approach of the blonde man who'd accosted me a month prior. He approached with a band of fifteen, all armed with my guns.

"200, we've come for your head! Your reign is over, child abductor!"

I held up my hand to stay my people. "If you want to fight for my position, we do it right here, one on one. Know this either way: the children are well cared for living in a bunker just twenty minutes from here should any of their family remain."

The man began shooting at me, so I charged him empty-handed to draw errant fire away from my people. I grabbed his rifle, wrenched it out of his hands, and deftly slammed its butt into the bridge of his nose, knocking him out in one blow.

Still glaring at me, his cohorts dropped my guns in surrender, which Dave's crew smoothly gathered.

"Boss, are you sure it's wise to let him live, knowing of your home?" Dave asked.

"It may seem unwise on the surface, but if the Generals sense a threat, they have armour like mine. They, as well as the children, will be safe. This way, when he wakes, we can attempt a more diplomatic approach. I'd like to avoid adding to my body count today if possible. I'm tired of hearing pained cries in my sleep," I said sadly. Dave gave me a curious look but didn't push me; the look in his eye betrayed a hint of understanding. When the blonde man finally awoke, I faced him.

"Name?" I asked.

"Steven," he said.

"Alright, Steven, our conflict ends here. Feel free to go see the children if you're worried." With that, I walked away, and Dave followed.

"What now, boss?" Dave asked.

I brandished my sword. "The city is yours; now I go to take back this province," I said as I marched away.

Eighteen Years Later

I'd shot, stabbed, chatted, and bashed my way through city after city, taking on the strongest of opponents to secure my position as their Overboss, only to leave and do it all again. I'd done well to keep my suit watered so no one could really touch me. It was too repetitive to bother giving much consideration; much like my recurring nightmares . . . so many corpses I'd lost count. One after another, their screams filled my dreams, their vengeful souls haunting me and threatening to pull me apart at the seams. I'd long since run out of ammunition. Most of my arrows were so blunted as to be useless, and my sword threatened to break with each brutal swing. Finally, I'd made it to the Parliament building in Quebec. The streets were dark and full of corpses.

People milled around me excitedly like I was some sort of star attraction, ignoring the detritus around us. Many coughed and retched like the plague had struck them, for it had: the zeta covid variant was still going strong. One of the many reasons General Zai cautioned me from removing my armour at all costs. The Canadian government had failed to procure vaccines in time, so the variants had mutated rapidly in the vaccine-hesitant. If any government still remained here, I hoped they were still working on covid, and West Nile ticks, and the streets of chaos. But here I stood alone instead of part of an army the way I was raised to be. Soldier of misfortune, I walked alone. The Parliament building stood – an ominously silent monolith from a bygone time. Nary a light shone in a single one of its windows. A tattered Canadian flag flapped proudly in the wind, casting a shadow on my scratched armour coloured in its image.

Seeing abandoned military vehicles and the sheer state of the nation's capital left me doubting myself. I couldn't tell if all the blood I'd shed in the name of my Generals' flag had accomplished anything. Can there really be a country if one must kill hordes of its people to retake it? I supposed it was too late to stop now. I'd left all of my easy allies behind, one after the other, in charge of the battlefields I'd turned Canada's cities and towns into. Although, as I approached Parliament, flanked by people begging for my attention to fight for them, get them water, cheering me on facetiously or whatever, I couldn't help feeling like this war wasn't my fault. War never changes and soldiers never stop fighting, whether on a battlefield or in a world of their mind's tortured making. Everyone wants a leader sometimes. Here I was, hoping some leadership still held a vestige of control, if only to make this fight worthwhile.

I searched Parliament for hours with my new cohort of stragglers, coming up dry. I collapsed to my knees, crying. None of it had mattered, after all. The government had truly abandoned us all underground. Where did General Zai get his orders, or had he made it all up to give us structure? Dejected, I helped my new friends get water, even fought some fights to blow off steam, then I realised what I should do next: It was time to go home.

Chapter 4 – Warriors Stored in a Vault

Days later I'd made it back to Toronto/Ravagok. After pestering a few timid locals, I learned Dave was working on someone's stove downtown. Mr. Fix-It struck again. Despite it all when I finally saw him, I smiled. Of course, he couldn't see that through my helmet, so I simply waved.

"Howdy, boss, how goes it?" he said, smiling his easy charming smile.

"The capital has long since fallen. Every city is the same mix of desperation, detritus, death, and misery. I'm an abandoned war machine for a silent legislative factory," I said sadly.

Dave grew serious. "And what did it cost you?"

"Everything."

"Not true, you're still alive."

"For what?!"

"To fight on. So what if the old government is gone, we're still here. You've liberated so many people, built mini governments like I humbly run here. It counts, all of it, I'm sure of it."

"I hope you're right. Hundreds disagree when I close my eyes to sleep."

"Forgive the rage we imagine for the dead, it's the only way forward," Dave suggested.

"How wise, Mr. Overboss," I said jokingly.

"Why, thank you, fellow Overboss."

"So what now?"

"Now I go home. I need answers only General Zai can provide. From there, who knows."

"Mind if I tag along?"

"Aren't you busy enough here?"

"Sure, but I get the sense you need me there even if you can't say it," Dave said, smiling as he wiped the sweat from his brow.

"Thanks, grab your rifle, let's get going!" I ordered.

Together, we marched in silence back to my home, a place I hadn't seen in years. I wondered how the children I left with General Zai and General James fared. It had been eighteen long, bloody years; doubtless, their trials were coming up. I found myself feeling tired and apprehensive. Would any of them survive? Would they remember me, and if so, would they favour or revile me?

Twenty minutes later, Dave and I stood at the vault-like door to my home. As it slowly creaked open, I felt anxious, like a guilty child. I'd failed in my mission technically since much of rural Canada remained under bandit control. General Zai greeted me in full black armour with two armoured individuals I didn't recognise, but I did recognise their camo-green armour. These were new soldiers.

"Strength, may I introduce Compassion and Integrity, the only survivors of the twenty children you brought us so long ago." I saluted the General and was saluted in turn by the new soldiers, which felt awkward.

"Sir, I have a report," I said.

"Go ahead, Strength," General Zai responded.

"I cleared out enemy leaders from all of the major cities, leaving only rural holdouts. In their place, I installed locals favourable to our cause, such as Dave here. Regrettably, the capital is gone. Left for last, I fear I was too late. If there were any government personnel still there, they're long gone."

"Understood. Don't worry too much about the rural forces. I'll task Integrity to clear that up once we move to the capital."

"Sir, if I may, where is General James?"

"Dead. He died during a training accident ten years ago."

"I'm sorry to hear that; he was a good man and better teacher."

"Indeed; we tried to get word to you but Dave mentioned during one of his weekly water deliveries that you'd left Toronto long ago. Ultimately, I decided against pursuing the matter so as to avoid distracting you from your mission."

I felt devastated; not only was General James gone but eighteen of the twenty kids I'd hoped to save were gone too. Was two people saved enough to make up for hundreds dead? I could only hope so.

"Other than yourself, sir, where do our orders come from?" I asked knowing full well the buildings of government were home to squatters now.

General Zai considered my query for a moment then said, "Follow me."

General Zai led, flanked by Compassion and Integrity, with Dave and I bringing up the rear. We passed the long since broken water purifier, the thriving green room, living quarters, and the now barren armoury to the most off-limits part of my home: the General's quarters. Once inside, we were faced with an array of monitors showing drone feeds, a spartan living quarters, and a dark area sealed with a bulkhead door.

On approach, a laser shot from the bulkhead door, scanning General Zai's eyes, then it groaned open. I was shocked by what was inside: a giant catacomb filled with pipes and machinery, all coalescing around what looked like a glass war table. Projecting from the table was a gently pulsing blue laser orb. When we approached, the orb took on a vaguely humanoid face and spoke.

"Welcome back, General Zai."

"Thank you, ma'am," General Zai said.

"Soldiers at attention! This AI represents your Prime Minister Jill Corkus," General Zai commanded.

We all saluted, including, humorously enough, an awkward Dave who used the wrong hand. I could tell from the readings on my visor that the room was extremely hot, likely due to all the hardware around us. Dave wouldn't last long without armour.

"At ease," the AI PM Corkus said.

"Prime Minister, your soldier Strength has done a valiant job retaking key positions throughout the country these past eighteen years. They requested to know where our orders come from, so I brought them to you," General Zai explained.

"A wise decision, General. Greetings, Strength. I am where you get your orders from. General Zai and my drones have done well to keep me appraised of your exploits these past years. As such, I'll allow any questions you may have," PM Corkus said.

I bristled with excitement in my armour; the government did exist and its head had deigned to speak with me!

"Honourable Prime Minister, is the rest of the government intact somewhere?" I asked eagerly.

"Just call me Jill, Strength. Unfortunately, we're all that's left. Zeta covid, West Nile, and civil wars around lockdown restrictions wiped out most officials while the rest are M.I.A."

I was greatly dismayed. My hopes of reinstating the government seemed dashed. Nevertheless, I pressed forward as I was trained to. "That being the case, what are my orders, ma'am?"

"Your orders are to continue doing as you have done. Re-conquer our terri-tory and reinstate our allies in positions of leadership. Now you'll have General Zai, Compassion, and Integrity to personally aid you in this herculean effort. General Zai, you're to take up a leadership position in Parliament so that peo-ple have an authority figure to look up to. That's all I have to say, you're all dis-missed."

We all saluted and left the bunker for the outside world. Dave was relieved to be outside in the open air once more.

Night had fallen, so we opted to make camp outside my home.

"Are you sure you don't want some armour, Dave?" General Zai asked.

"I doubt I'd survive the process to earn it based on what Strength mutters about in their sleep," Dave admitted. I was embarrassed; I didn't know I was a sleep talker.

"You should've got a new suit, Strength. That one's got more pits in its ar-mour plating than a field of plums. We still have ten left over," General Zai lec-tured.

"I'm fine, sir. This suit has served me well. Besides, you'll need the suits for future recruits," I said.

General Zai laughed heartily. "You're right, you're right." I noticed Dave eyeing Integrity closely; when I looked their way, their stoic demeanour seemed to bristle. I chalked it up to first mission jitters and gave Dave a gentle nudge.

"I'll be back, gonna scout for bandits . . ." Dave said, grabbing his rifle as he went. I couldn't help feeling something was off with him. He didn't seem to like Integrity or Compassion much.

General Zai yawned. "Time to turn in. Integrity, you're on first watch, Compassion, second."

"Sir!" they said in unison. Exhausted, I quickly fell asleep, feeling more safe than I ever had.

Some time later, I woke to an impact alert from my visor. Standing there was Integrity with their rifle pointed right at my face. My muscles tensed, but Integrity held up a finger in warning to stay me.

"Integrity, stand do—" General Zai began, only for the crack of an armour-piercing .50 calibre bullet leaving Compassion's rifle and hitting his visor to si-lence him prematurely. Coldly, Compassion approached.

"Why?!" I asked incredulously.

Integrity removed their helmet, revealing a blue-eyed blonde lady staring at me with a rage that felt familiar. Then it hit me. Those were the eyes of one of the boys I brought to General Zai.

"THIS IS WHY!" he screamed, indicating his body. "First you murdered my entire family, then you left me alone with that dictator Zai whose chemicals turned me into this!"

"Integrity, he's gone; stand down and we can talk . . ." I began.

"My name is Barnabus, I. Am. A. Man . . . I only played along with that monster Zai's training because I thought I'd be trapped underground with him forever; he never warned us what the trials would do . . . Then you showed up yesterday . . . that was when we realised we could act!" Barnabus kept his rifle levelled at my head as he ranted. I lay there assessing my situation, wondering whose reflexes were faster.

"Steven came a few years back, but he couldn't convince Zai to let us free in his care. Before he left, all he said was: 'Remember who you are'. And I did; I remembered you in your damned armour too. All white and red with my parents' blood, along with countless others. I vowed if I ever saw you again, I'd kill you!"

Suddenly a shot rang out and Compassion dropped like a log, but not before their rifle went off in their death grip as they fell. In that instant, I slapped Barnabus's rifle away and used my legs to knock him down as I rolled to my feet. He fired, but his shot hit the dirt beside my head. We engaged in desperate CQC, exchanging brutal blows while I kept his rifle in mind. Eventually, I got the upper hand and punched Barnabus square in the nose with more than enough force to knock him out.

Once the melee died down, I took a second to breathe. Maybe Dave was right, I should've killed Steven back in Toronto; maybe then things would've turned out differently. Dave! Was he okay? Ignoring the unconscious Barnabus, I rushed to where the first shot came from and found Dave lying on the ground, bleeding profusely from a chest wound. Compassion's dying shot had hit its vengeful target.

"Help . . ." Dave said weakly when he saw me.

Wordlessly, I picked him up and slung him over my shoulder, then rushed to General Zai's body. With both bodies in hand, I used General Zai's credentials to open my home, then rushed them to the Prime Minister's bulkhead. I removed General Zai's helmet and let the door scan the one eye he had left, then I gently let his body drop for now. I'd pyre him later; right now, I had to hope our AI Prime Minister knew some sciency way to help Dave.

"Ma'am, Dave's dying, please help," I begged.

"Greetings, Strength, unfortunately I can't help his body but I can save his mind." I looked at Dave by my side and he nodded.

"Lay him on my war table now." I did as the PM bid as fast as possible. Her blue laser face dissolved into a laser grid, which methodically scanned Dave's head. I held his hand through the process, feeling his grip weaken with each passing second.

"Hang on, Dave! That's an order . . ." I exclaimed.

"No worries, boss, the PM's got this," Dave said, smiling his easy smile one last time. Then I heard his last breath leave his lips and saw his eyes go glassy.

Even after all the death I'd dealt, the events of this night left me feeling numb.

"Done," the PM said.

"Done what?!" I almost yelled as tears threatened to flood my helmet.

"I've constructed an AI based on scans of Dave's brain. If you accept, I can put his data chip in your helmet so the two of you can still go on missions together?" she asked.

"Do it. Please," I said, remembering my place.

"Doing this will drain my power reserves. From here on out, it'll just be you and Dave, who will be powered by your suit . . ." she explained.

"Understood. Please continue."

A mechanical arm descended from the ceiling of the PM's catacombs. It drilled open a slot in my helmet that had previously been sealed and a glowing green circuit chip was slid in place before the cover was screwed back on. With that done, the PM's blue laser head faded away, leaving me presumably alone in the dark.

"Dave?" I asked quietly.

"AI David Johnson reporting for duty, boss!" I saw Dave's grinning face in two dimensions projected on the inside of my visor alongside system readings. I practically jumped for joy – he was back, in a way.

"I'm so glad, Dave . . . I'm sorry, it seems all my murdering led to your death . . ." I said sadly, looking at Dave's discarded body.

"No worries, Strength. Everything happens for a reason," he said reassuringly. "Now, let's go take care of business."

I marched from the dead PM's catacombs and gathered General Zai's body and a chain from the armoury. When we got outside, Barnabus was still out for the count. So, I hogtied him with the chain and used a combat knife to sever his water reserve by stabbing between his neck and his chest plate. With my slow vengeance assured, I stripped General Zai of his armour and set about building a pyre.

Once the flames began to dance, I let my tears flow once more. My father figure was gone, the Canadian government dead, and its last representative gave her 'life' to help my only friend, whom I also inadvertently got killed. Now it was just us.

"Why'd you pick me over the General?" Dave suddenly asked.

"General Zai's brain was half-destroyed by the shot that killed him. The Prime Minister explained she could only help a brain, and you only had a chest wound – the choice made itself," I explained.

"I'm grateful y'know."

"Okay . . ."

"What do we do now, Dave?" I asked, exasperated.

"I say we go back to Parliament and instate the new PM."

"Who?"

"You, Strength!"

I was incredulous. "I can't be Prime Minister, I'm just a soldier!"

"Same difference these days. Look, you liberated most of the country personally already and have allies from here to the US border, with you to thank for their positions. And the PM died believing in you. It has to be you," Dave reasoned.

"I'll consider it," I said, finally.

My helmet was beginning to fog from my tears. Ignoring General Zai's warning when I first left home, I removed it and turned the visor towards me so Dave could 'see' me.

"Wow, you're pretty, Miss Strength!" he said. I looked at my reflection in my dirty, scratched, glossy red visor. I had big blue eyes and flowing red hair.

"Just Strength," I said sternly as I aired out my helmet, then quickly put it back on. We stayed the night at General Zai's pyre. I stocked up on water from one of Dave's earlier supply runs, then we left for Parliament to begin the real fight: creating a peaceful future government out of this shit show of a world.

The Swamplands
Chapter 1 – Family

I was playing *Dead City 7,* just driving my blood-red sports car around while my buddies mowed down pedestrians. Good times.

"Cow!" my buddy Daveed called out over the mic as he ran over an obese black woman with a hijacked city bus. "1000 pointz, dude!" he exclaimed cheerfully.

"Cole Sanburg, get down here!" my mom demanded.

I sighed, said bye to the homies, and logged out. I blinked hard, trying to shake the pain in the back of my brain. Rubbing my reddened eyes, I turned off my monitor, then glanced around my room. It was a sty. A dusty black curtain hung over my window to keep out the pesky sunlight. In the darkness created by the absence of my monitor's light, I could vaguely make out piles of dirty clothes as well as posters of my favourite nude models on my walls.

Straining myself, I just barely managed to transfer from my gaming chair to my electric wheelchair.

I huffed. Transfers were getting harder by the day. I glanced at my weights by my bed and gave them a dirty look. *Nothing's helping,* I thought. *Doctors said Cerebral Palsy didn't get worse, but they gotta be full of it.* Musing about my disability wasn't helpful, so I turned my wheelchair on. *Please work...* A familiar beep from the chair was followed by a glorious sign of success: a robotic arm extended from under my left armrest, then a light array on the end of the arm lit up revealing a holographic figure of a woman. She was a well-endowed redhead I modelled after one of the posters on my wall resulting from a program I wrote called Live Your Lust Always, or Lyla for short. My smile beamed brighter than the lights that projected her black-leather-bodysuit-clad image for me.

"Greetings, Cole ..." she said in a sultry voice.

"Status please," I said.

"Batteries are at 90% with an effective runtime of three days at this rate of power drain. Wheelchair functions read as good, you're free to go."

"Dismissed," I said, and the robotic arm withdrew, leaving me alone in an ostensibly normal electric wheelchair.

I rode the house's elevator down to the main floor and found my mom standing there with her arms crossed. Below her scowl, she wore her normal smart business attire. I knew a lecture was coming.

"Well, what have you been working on?" she started.

"Lyla, and gaming ..." I admitted nervously.

"Show me."

"LYLA awaken, code Cole." Moments later, Lyla stood on her robotic arm, smiling at my mom.

Mom scoffed. "I give you access to multi-billion dollar AI tech and you use it to make an... e-slut?! Are you kidding me? And let me guess, when you aren't fawning over her, you're wasting time playing video games, right?"

"Right ..."

"Cole, Dyptherion Inc. needs minds like yours focused on something other than hormones and distractions. We're at war for crying out loud! Or did you forget?"

"No ..."

Mom huffed. "Enough of this; I have to go to work. See you tomorrow." With that, she stomped away in her high heels.

I heard her tubby-looking space shuttle take off. Mom was the CEO of Dyptherion Inc., a previously well-known medical supplies company turned weapons manufacturer after NASA discovered our new home planet Helix-6. Earth had been mostly abandoned after much of the planet was rendered inhabitable by global warming; that was until a new element was discovered growing in the swamp lands that hadn't yet been paved over. It turned out that in the planet's desperation to purify the air from humanity's pollution, swamps around the world had turned that pollution into a red gel-like substance called Dyptherite. Mom had been the one to discover the element and it was her work that unlocked its mutagenic and unstable properties, first for medical purposes, and then of course, for weaponry – humanity never learned... my family was no less guilty of this.

Thanks to Mom's work in conjunction with NASA, humanity escaped to Helix-6 before Earth fully gave up the ghost. Now we lived in a post-modernist white brick mansion off the coast of Eden city, the capital of Helix-6. The planet was brimming with beautiful lush jungles and crystal-clear oceans, as if the Amazon rainforest had been cloned in its prime and pasted all over a blank canvas. On weekends Mom and I used to take shuttle trips around the planet to take it all in under its ginormous sun, but we stopped doing that in recent years, partly out of boredom and an admittedly ironic distaste for all the destruction humanity was already reaping on the natural environment. This while my mom's company ravaged Earth's remains for more Dyptherite and terraformed nearby planets with copious amounts of carbon dioxide in the disgusting hope that in the planets' death throes, they too would resort to making Dyptherite.

Now at twenty-seven years old and only alive because my mom was wealthy enough to secure me a ticket to Helix-6 when the elderly and disabled were abandoned with those too poor to do the same, I found myself tasked with aiding her company's research. Which led me, quite incidentally, to developing Lyla out of boredom. I hated working for Mom's company; they stood for everything I hated: capitalist disregard for natural resources, and flagrant disregard for human life. Thanks to the miracle properties of Dyptherite, the remnants of humanity exploded forward in technological advancement, from faster-than-light space travel to cures for diseases, to elemental weapons, and most recently: viable human cloning. The latter was why Mom held human life in a rather callous disregard nowadays; why worry when people were theoretically replaceable, right? I wasn't sure if I believed in metaphysical concepts like souls, but seeing clones go unstable and explode after seven years wasn't a pretty sight – especially the look of terror they all got beforehand. Now from Helix-6 to Earth, humanity had developed a new low: corporate warring. Dyptherion Inc. was the frontrunner in technological advancement thanks to Mom discovering the element first on a surveying trip on Earth, but that didn't mean we were without rivals.

Torq Industries primarily focused on the combat applications of Dyptherite. They pioneered the classification system F-S (F, E, D, C, B, A, S) with F being the lowest damage tier of weapon and S being the highest. Conventional ballistic weaponry typically topped out at D, compared to S-rated guns that usually carried rare elemental effects due to purposefully destabilising the Dyptherite such as electricity or fire. One drop of Dyptherite could create 100 elemental guns but each one cost millions to buy. However, Dyptherion Inc was a very wealthy company, more so than any company on Earth, so Mom made sure our best contractors, which included my dad, had S-rated fire element guns. Dad was Earth Special Forces, Joint Task Force 5 from Canada.

Now he was just a nepotism hire for Dyptherion. I never got to see him because his team was always engaged against Torq forces on one world or another. I missed him dearly. He used to carve busts of Mom and me out of wood with nothing but a pocket knife. We still had some around the house. I hoped he was okay. For all our technology, a nightly holotape wasn't enough. He could die in a firefight tomorrow and there'd be nothing I could do about it. Mom always said to stop worrying, but funny enough, the only time I didn't worry was when I worked on Lyla and she hated that.

I texted my Nana good morning as I always did daily:

—*Morning, how are you? No news from Dad lately and I'm starting to worry about Mom. She's always been a workaholic, but ever since we moved to Helix-6 she seems obsessed. She never minded me gaming all night before...*

—*Morning, sunshine, I'm good thanks, just camping like crazy. I worry about Mom too; she works too much. She needs to relax and let it be sometimes.*

Just then Mom walked up with a strange look on her face.

"You're back early... Nana's worried about you; she says you work too much," I said.

"Don't listen to your Nana, she's crazy. I paid a lot of money to build her a campground on this planet and get her here; the least she could do is not worry. I've got this!" Mom said stubbornly.

Mom always said never to listen to Nana, which always confused Nana and me. Nana wasn't diagnosed with anything to suggest her judgement was compromised, nevertheless, it was always the same: "Don't listen to your Nana." Strange. I owed everything to my mom. Without her, the doctors would have declared me a vegetable and had me put down. They were insistent that I'd never be able to do anything and be a wheelchair-bound nobody. But Mom taught me to walk with a walker and made me learn to write; heck, she fought to teach me everything uphill all the way. Nowadays, our relationship was strained. It took me many years, but I finally realised she wasn't perfect.

My mom really was work-obsessed, but more than that, she was a terrible listener. She'd hear you up until she got an idea of what to do and then she'd be off doing it regardless of whether it was what you *really* wanted, or just what she wanted for you. Once she had an idea in her head, she was unstoppable. I really had a lot of respect for her even if her determination left her spearheading a desperate war when she wasn't even a soldier. I guess I just worried she was finally out of her depth. By the strange look on her face, I began to wonder if she realised it too. After a moment of staring at me like she didn't know what to say, she began.

"Cole, your father... he's dead."

"What? No..." I couldn't believe my ears. Dad was the best, everybody's best friend, easy to get along with. Despite being a soldier, he rarely hurt a fly; he just wanted to protect and help people. By the tears streaming from my mom's eyes, I knew it wasn't a lie. He was gone. My heart sunk in my chest as tears flooded my own.

"How?" I choked out.

"Torq soldier got him on patrol."

Figures, I thought. *The best dad ever was gone because of Mom's stupid planet-destroying resource war! They'd weathered her drinking addiction, they'd weathered each other's obsession with work, but this damn war.... It was her fault!*

"You did this!" I suddenly yelled, with tears streaming down my cheeks. "The number of times he almost left cuz of your drinking, and now he's dead cuz he stayed to fight *your* war!"

"Cole..." she said, shocked.

Nana and I had planned an intervention over Mom's drinking but it was never the right time. Now the truth was thrown at her full force. I didn't care anymore. After a while, she just stormed off crying. Part of me began to feel bad, though I had no regrets; it hurt to see her sad. I felt worse for Dad though, dying all alone in some fighting hole, doubtless thinking he was helping us somehow. Now he was gone... just like that. Our family would never be the same. Some nameless Torq soldier was out there all proud of themselves for felling a mighty Dyptherion warrior, probably lording my dad's special gun over his buddies. I looked down at my wheelchair, then the fires of vengeance died down under the cold, harsh waters of reality. I couldn't avenge him; an unarmed cripple could do nothing against a trained soldier. Depressed, I went back to my room and rolled around for a bit pondering my next move before deciding on a violent gaming session. Nameless non-player characters would feel the wrath I owed that Torq soldier who could be dead for all I knew.

***

The next day, Mom never came home, which wasn't too weird until days turned into months. I'd resorted to watching the news daily where I learned Dyptherion Inc. had grown more aggressive, much more aggressive, by effectively instituting corporate drafts. Mom was building an army from her own scientists and randoms off the street.

I gave up on gaming, opting instead to do what no gamer dared: go outside. I drove my wheelchair to the outskirts of the city, where I started to notice flyers hanging on buildings. I rode up to one.

Upon reading it, I was horrified. It said:

Citizens of Helix-6,

Join the war effort for Dyptherion today and get your choice of D-S class guns. Eligible soldiers will also receive vouchers for return trips to Earth to collect family. Available while supplies last. Terms, contracts, and conditions apply – see your nearest Dyptherion Inc. representative for further details. My horror turned to disgust. *Months she's been gone and now this?! She swore Dyptherion Inc. would evac survivors on Earth for free. Now she's holding the safety of peoples' families hostage in return for service. Dad would be disgusted...* I thought, ripping off a flyer to take home.

Chapter 2 – Perspectives

Three Months Earlier - Earth

"Davis, wake up!" my little sister Vicky trilled. I stood up, smiling her way, trying my best to look happy despite seeing her bald head. I also made a special effort to ignore the burn marks on her skin. At ten years old, Vicky was an accomplished gymnast and model for textbooks, while I mostly did nothing but play video games at twice her age. Vicky excitedly cartwheeled out of my room and headed for the stairs. The air stunk like rotten eggs today; the smog was heavy in Quebec. I donned my jeans and leather jacket before heading downstairs.

I heard my dad coughing hard before my feet even hit the landing.

"Davis Fington, hurry up or we'll be late for Vicky's last appointment," my mom demanded so I got a move on. My dad slowly ambled his way to the family's two-door car while I opted to hop on Dad's Harley. I'd promised Vicky I'd take her home on it when we got the good test results we hoped for. Inwardly, I was deeply worried for Vicky and my dad. Radiation seemed to drain Vicky more than it helped, while all the pollution had ruined Dad's lungs.

Eventually, we rolled up on the hospital, then rushed inside only to wait hours for a doctor to deign to see us.

"Mr. and Mrs. Fington?" a stout Indian doctor said as he ambled towards us.

"Yes?" my mom replied.

"Come with me, please ..." He led them into his office, leaving us alone in the sterile hall filled with the annoying beeps of ignored hospital equipment.

What felt like hours later, our parents returned. I managed to catch the sombre looks on their faces before they forced smiles. Thankfully, Vicky didn't notice; she was too busy singing out the lyrics in a children's book. My mom leaned over to my ear. "Terminal..." she whispered. I could see she was fighting to hold back tears. I could tell by the warning look in Dad's eyes that it was game time.

"Good news, honey, you're fine!" Dad said. Vicky cheered, then hugged everyone, including the doctor, who looked numb. We were lucky, I guess, that the doctor was still around. Most of the wealthier doctors boarded a flight to

Helix-6. I could imagine how exhausting it must be for him to be the one left to hand out cancer diagnoses to Earth's poor pollution-riddled families.

After gathering myself, I took Vicky's hand, leading her to the Harley. On the way home, I struggled to maintain my composure. Dad was dying, and now Vicky... something had to give.

Luckily for me, Vicky didn't mill about when we got home; she just rushed inside to play with her friends. I met my parents in the driveway and we all cried to the sounds of Dad hacking and gagging. Once we could compose ourselves, we went inside. I went to my room to game, opting to boot up *Dead City 7* in the hopes my friend Coaltrain was online. Planet-to-planet internet was still a bit slow, so it took a while for my signal to reach Helix-6 and bounce back. He wasn't online. Bummer. So, I played a solo battle royale match which I lost handily. But during the next match, something caught my eye: a Torq Industries NPC had been added to the game. Cautiously I approached the NPC.

"Join the Torq Industries Fighting Force, (TIFF) today! TIFF soldiers get access to D-S tier guns, and top soldiers gain vouchers for their families to get to Helix-6 and gain access to Torq Industries doctors. Leave your polluted cities behind and journey to the promised land today! Terms, conditions, and contracts apply; TIFF does not guarantee offers to all applicants. See your local recruiter or sign up with me now!" I froze in my seat. Coaltrain had insisted for years his people from Dyptherion Inc. would evac Earth and the news said the same, so we'd waited... but now there was no more time to wait. *My parents will kill me if they find out I'm doing this... I need an excuse. I'm going on a trip maybe?* I thought excitedly. I was a college dropout with little money, but I'd saved enough over the years doing odd jobs, and my family knew I wanted to travel. I'd just have to embellish the truth somewhat. I was sure they'd resist given Vicky's condition, now I'd have to be the bad guy for a good reason.

After I'd packed everything I'd need, I jogged downstairs in a beeline for the front door. Mom cut me off.

"Where do you think you're going?" she demanded.

"Vacation," I said casually.

"Your sister is dying... or did you forget that?!"

"No."

"You can't just leave now; what if she needs you or she—"

"Passes?" I finished. Mom looked at me with a mix of anger and depression.

"You're so lucky your dad's asleep he'd—"

"Kick my ass, I know..." I said callously.

"Fine, just go, but you won't be welcome back!" Mom said, bursting into tears she stepped aside.

Part of me knew she didn't mean it, but it hurt regardless. Steeling myself, I marched for the bus stop, hopped on the first bus to a recruitment center, and rode forward to my destiny.

The first thing I noticed when I got there was how ornate the skyscraper that held the recruitment center was. It looked to have been inspired by a mix of feudal Japan and modernist architecture. Clearly, Torq had money to burn. *War pays when you're selling the guns...* I mused. I strolled into the building and was met by a pretty receptionist in smart business attire.

"Hi, my name is Davis Fington. I'm here to join the TIFF," I said, trying to sound confident.

She smiled. "Right this way, Mr. Fington," she said, leading me from reception to a spartan side office.

I began to feel nervous; my heart fluttered to the beat of a nearby office printer. Inside the office sat a lone hulk of an Asian man with what looked like tribal tattoos all down his arms. I was five foot eight, an ex-football quarterback, but when he stood to greet me, I felt dwarfed.

"Name?" he said in a deep but gentle voice.

"Davis Fington, I'd like to join the TIFF please," I said nervously. The man smiled in a way that calmed me and set butterflies off in my stomach. I blushed.

"Well, Mr. Fington, Torq Industries is always looking for new recruits. There're just a few steps you have to complete:

Step 1: Take the Torq Industries Vocational Aptitude Battery (TIVAB) – a paper intelligence test.

Step 2: Pass the physical examination, which consists of drug and eye tests followed by rigorous exercise. You'll have to complete a two-mile run followed by 100 sit-ups and 100 push-ups.

Step 3: Meet with a counsellor to decide on your career path.

We have a counsellor on site. The whole process takes a couple of days, but we can provide you with food and lodging. Are you sure you want to do this?" he asked seriously.

"Yes, sir!" I said earnestly; he smiled in response and I felt my pants tighten.

Two Days Later

I woke up still sore from PE and marched downstairs to the counsellor's office.

"Morning, ma'am," I said. In front of me was a muscular woman in casual dress. Her eyes betrayed more experience than her attire.

"Morning, Private-in-training. I have the results from your examinations, are you ready?" she asked, pushing her glasses up her nose.

"Yes, please," I said awkwardly.

"You scored a 260 on your PE with negatives across the board for illicit substances. Well done! Were you an athlete previously?"

"Yes. Football and jogging. I used to do workouts on top of that just for fun." I smiled proudly.

"Good for you. So, what are your career goals?" she asked.

"I want to be a top-tier TIFF soldier so I can get my family to Helix-6 for medical care. My sister has terminal cancer and my dad has black lung," I said sincerely.

"Understood. Congratulations, you passed this part of your training. Report to the address on this piece of paper for further instructions."

I took the paper, smiled in thanks and left for the address.

I was proud as the signed sheet of paper called me a Private for TIFF. I felt like I was so close to saving my family, their misguided spite be damned. When I eventually arrived at the address, it looked like an army barracks from a video game, but styled in the same Neo-feudal architecture as the recruitment centre. I presented my papers to a person at the main desk of the closest barracks and they hit me with the bad news.

"Private Fington, from this point forward, TIFF owns you. You will spend two agonising months in speed training and if you survive maybe we'll afford you some benefits, am I clear?" the person asked, who turned out to be a Drill Sergeant. Inwardly, I was appalled. *I don't have two months; Dad and Vicky could be... dead by then.*

"Yes, sir..." I said.

Two Months Later

I'd shot, sliced, exercised, and fought my way through the most tedious two months of my life, being screamed at by Drill Sergeants the whole way through. Of the 100 Privates, eighty dropped out, leaving we most desperate of fools to remain. I wasn't permitted to know anything about my colleagues besides their unit number. TIFF-KJ1 through KJ20. Supposedly, it'd make parting with each other easier if one of us fell in battle. *Clearly, we aren't expected to survive...* I thought when I finally realised that completing training didn't make us anything more than numbers still.

Despite my best efforts, washing as I went, my uniform smelled faintly of sweat and my D-class ballistic rifle shook in my hand like it was ready to explode every time I fired it. *Useless old-timey junk... no wonder they expect us to die. Our armour is barely good against F-class ballistic rifles, let alone this junk,* I surmised regretfully. I'd hoped to be seeing some benefits by now. Having abandoned my holo-phone because I couldn't afford it, I had no idea how my family was doing... was Vicky still alive, what about Dad? Had any of this mattered?

Once more I resolved myself to make it all count as I joined my fellow graduating Privates for a speech from the Drill Sergeant.

"Today my time with you concludes. Some of you will fall while others will make history. I only hope to be around as part of it. Tomorrow you ship out to Helix-6 where you'll face Dyptherion Inc.'s finest. Remember: A win for Torq is a future for your families! Dismissed."

We all stomped and saluted, shouting "Torq" as we did so. Then my fellow Privates went to pack. Having already done this, I instead decided to ask the Sergeant a question that had been burning in my mind for a month.

"Sir, if I may, what must I do to earn a voucher to bring my family to Helix-6?"

He looked at me wistfully and smiled. "Survive!" was all he said.

I was deeply disappointed. *I don't know what I was expecting. Fresh off of training they were never likely to give me anything, but I would've liked a better answer...* I thought annoyed. Little did I know that truly was the best answer. The next day, I boarded the shuttle to the fabled jungle oasis that was Helix-6.

***

Hours and hours of starlight streaming by my eyes lulled me to sleep. That was, until KJ20 shook me awake. He was a tiny Caucasian with a pencil moustache who looked kind of like a star from my great-grandmother's expensive collection of silent movies from a bygone era.

"What?" I said, annoyed.

"Look!" he exclaimed. It wasn't long before I was grateful he woke me be-cause what I saw out of the shuttle's ample viewport floored me: lush, vibrant jungle as far as the eye could see marred occasionally by a growing number of gaudy human installations. I eyed the rest of my colleagues; we were all wearing standard full-body black combat armour with red accents and helmets with vi-brant red visors – standard Torq colours. Only KJ20 and I had our helmets off. Altogether, we looked a lot more intimidating than I felt. I was scared, nervous, doubtful even. *Can I really save my family at this rate? What if only Mom's left by the time I can?* I thought.

I clutched my worn-out D-class TIFF rifle to my chest like a baby for com-fort. It looked like a bastardised mini-gun crossed with a deck umbrella with its three rotating barrels and crank firing mechanism. It fired 7.62 rounds at twen-ty rounds per minute or slightly faster if one could crank faster. I never pushed it, because my poor gun hadn't been cared for very well and I barely knew how to put it back together after two months of expedited training with it.

If I had to rate my training experience, I'd say it'd been sub-par. We mostly worked out and sparred with each other any time we weren't at the range shoot-ing moving targets dressed to the nines in Dyptherion blues. The Drill Sergeant always went on and on about the evils of "The Dyptherion bastards and their cunt leader." All I retained from his propaganda drills was the nugget of truth that Dyptherion *had* promised to evac the poors of Earth but had failed to do so until it could use us as meat for a war effort. However, it wasn't lost on me that Torq had resorted to the same, though they at least promised better ben-efits in my mind. Time would tell if they kept their word. Moments later, we landed at Helix-6's Torq Air Force Base, a sprawling compound of concrete, sweat, and exaggerated machismo.

I reported to the Sergeant for assignment, then found myself in an electric Jeep headed down a long winding dirt road through the jungle.

"First day?" the driver asked.

"Could you tell?" I blurted out.

"Everybody clutches at their gun like that," she said. I chuckled nervously, then made a conscious effort to right my stance.

"Here, I'm headed back to Earth after this so I don't need it, it'll give you comfort." She handed me a giant cylinder that had a pulsing green light and a single button. "Strap it to your back then press the button!"

I did as she instructed, finding my hands, no my whole body, suddenly covered in a gentle green light that faded away. I knew immediately what this was: a Dyptherite energy shield, and a good one at that.

"Are you sure?! This is Dyptherion Special Forces tech! You could take it home and sell it for millions ..." I exclaimed.

"I know... I did all this for my family, but they died of pollution effects before I had the clout to get them here. Now it's just me, and I won't need the money where I'm going." Her sombre tone worried me a lot. I tried advancing the conversation.

"I'm here for my family too. Gotta save my sister and dad, this'll help a lot, thanks!"

"No worries, I got it off a Dippy corpse. He didn't need it anymore, but a kid like you does."

Dippy was the TIFF nickname for Dyptherion Inc.'s forces; apparently they called us Tiffanys.

Once she dropped me off at the combat zone, she gave me a terse wave then sped off, hopefully to some place happier. I never even got her name. I linked up with five of my fellow KJ unit, and based on their badges, it was TIFF units KJ10 through KJ15. I noticed other Jeeps speeding off with bodies wearing our colours and shuddered. *A shame they didn't have this...* I thought, looking down at my hand covered by a now imperceptible shield.

"KJ19!" a commander shouted for me.

"Sir?" I responded.

"Based on your file, you scored highest across the board among your batch of Privates. Your orders are to take command of the remaining KJ units and flank the enemy base to the south. Any questions?"

"Will we have any cover?"

"Murder Hornets are on site providing overwatch. If there's nothing else, get to it!"

"Sir!" I saluted, then gestured to the KJs to follow. Murder Hornets were a flying troop carrier designated such for their Stinger missile batteries and mini-guns mounted on the side seats. Knowing they were around gave me tons of confidence. We mounted up on an Infiltrator hoverboard and rode off into the dark jungle.

"Okay, lads and ladettes, commander stuck me with leading y'all. Basically, we're to flank the southern enemy base under Hornet cover and take it. Any questions?" I said. No one replied; they all slouched like a punished bunch of children. The music to cover our advance was bullets, missiles, grenades, and the oh so unsettling sounds of death screams. I couldn't blame my fellow Privates for being forlorn. For all we knew, this could be a suicide mission.

"Buck up, squad, we got this!" I tried to sound certain, though I too had growing doubts. It didn't matter though, it was go time.

Chapter 3 – Consequences and Loss

Getting around behind the enemy base with Hornets covering us had been easy. *Too easy...* I thought. We dismounted the Infiltrator then sent it back to base on autopilot so reinforcements could sneak in if need be. KJ15 took the lead while the rest of us took up the rear. I felt bad, because as the shielded one, I should probably lead, but whatever. I was designate KJ19; I waited eagerly to be called upon, which didn't take long.

"Nineteen, I see movement, Dippys approa—"

In a split second, her helmet was blown apart by a bright orange streak which also lit her armour on fire. *An S-tier fire weapon!* I noted.

"COVER NOW!" I yelled as loud as I could before diving behind a thick tree. Elemental rounds screamed by all around me. Thanks to the brief extra training I took, I could tell we were only dealing with one element user and maybe ten D-tier ballistics users. I checked that my shield was full, then made a brazen push up to the next tree to get eyes on. We held a slight advantage, having the huge old jungle trees to shade and cover us, but the Dippys had a fortified position with turrets and sandbags, such that one skilled operator could easily hold off our small force alone.

Worse still, we were heavily outgunned. Our armour could barely handle D-tier rounds, let alone an S-tier elemental weapon. I motioned for my team to push, having waited for my shield generator to pulse green, and opened fire. We took three down, only losing one. I huffed under my helmet, with my heart racing as sweat beaded down my back. This was real. Suddenly a Murder Hornet fired a final volley on approach, which decimated the enemy position leaving only a few standing. Out of the corner of my eye, I saw the elemental user's shield pulse green. He and I were the only ones shielded. I steadied myself. "Fire!" I ordered as I broke formation, charging the elemental soldier. *No one else on my team dies today!* I resolved. Firing wildly, I charged, hoping to any force that my gun would hold up till its thirty-round mag was spent. Thankfully, the remnants of my team grasped my desperate plan enough to support me by taking down the other two enemies.

Now it was just him and I staring each other down for a split second. I fired everything I had left into his shield, then dove for cover inside the enemy fortification. I heard my two remaining KJs shouting as they charged over the boom of their guns. Swiftly, I reloaded, took a single breath, and opened fire anew. He utterly roasted my allies. Over their screams, I saw his shield break and heard a loud crunching sound like breaking glass. Just as my mag began to run dry, I hit him once in the head. His helmet cracked and he dropped like a log. We had done it. All of us dead save me, for just one soldier. *Fucking Dippy scum,* I thought. I took off my helmet and spat in his direction indignantly. Then I looked back at my desecrated team and was overcome by nausea.

After minutes of vomiting, I let myself cry. Once I'd shed my tears for the people I knew only by designations, I gathered my resolve before walking up to the corpse of the elemental soldier. I grabbed his gun for myself; it was beautiful, and had a vivid orange body with a pulsing red cylinder instead of a barrel that opened into an almost flower-like shape. It had a stock like a rifle but instead of being straight in shape, it had a curved contoured body with a single straight-edged indent for a glowing yellow holographic sight. When I inspected the trigger, not only did I notice how normal the assembly was, but right by the trigger on the left side of the body, two names were engraved. *For Cole & Sandy* it said. I stopped dead. My best friend Coaltrain online lived here on Helix-6, and his mom's name was Sandy too. *What are the odds?* I queried. I decided to banish the thought. I attached my new gun to the magnet-holster on my back, then advanced into the base with my old faithful rifle. I don't know why I didn't use my pilfered gun; this just felt more natural.

"What is so important here that they stationed an elemental user to guard it?" I mused aloud, re-equipping my helmet. The 'base' was so small it hardly felt right to call it that. Basic supplies, bunk beds, tactical comms gear, rations, ammo; it was all here, but not much else. That was, until I noticed a retro flash drive tucked away behind a folder. "You better hold the means to end this war or my allies died in vain..." I grumbled, trying not to envision their desecrated smoking corpses. I opened a nearby tactical laptop and gently inserted the drive. What was on it blew my mind. Pictures showing Cole's mom, the CEO of the Dippys, injecting herself directly with Dyptherite, which was a big no-no for safety, and more damning: direct orders from her to all Dippys to drain Earth dry and continue this war by all means. There was a single audio file so I hit play.

"Ma'am, you swore to evac Earth!" a scientist said.

"I did, but I don't care about that anymore. Like Torq, I just want more Dyptherite, unless people sign on to be soldiers, I don't need them," Cole's mom said coldly.

"Are you alright? Your eyes have gone blood red again ..."

"Fine... I'm fine, send the order out that I want all 'Tiffanys' hung or quartered. Dead by any means necessary. If Torq won't surrender their Dyptherite, we'll take it from the CEO's cold, dead hands. Also, any dissenters to this war get a free one-way trip to Earth, courtesy of our stolen Torq shuttles. Do make sure the pilots wear Torq garb. We don't want our share prices to fall by appearing to have any involvement."

With that, the audio clip drew to an end. I vaguely heard something rustle, like a secret recorder had been pushed into a pocket, then the recording ended. Whatever Cole's mom was doing to herself, she wasn't anything like the nice lady he described. She had become genocidal. I grabbed the whole laptop, taking it with me on the long march back to base. Luckily for me, the commander met me in a Jeep a quarter of the way there so I hitched a ride back with him.

The commander's face was grim through the whole evidence showing. "So, she started this damn war now she intends to end it, huh?" he grumbled finally.

"It appears that way, sir. They had an elemental shielded soldier guarding this so it must be true," I noted. I attempted to hand over the gun I'd taken but the commander waved me off.

"It's yours now, ye earned it."

"Thank you, sir."

"You're welcome, Sergeant Fington. We lost many of rank and file today so I'm submitting your deeds as reason for this rank boost."

"Sir, if I may, I have terminally ill family back on Earth; will Torq Industries help me get them here for treatment?" I asked hopefully.

"If they won't after hearing this, I will, Sergeant." My heart swelled; in one mission I'd done what I initially set out to do. Now all I had left to do was hope my family was still alive. My dad would be stubborn; no doubt he'd resist help. My sister wouldn't be hard to convince. I figured once she was done crying about me joining TIFF in secret, Mom would be proud. That just left one thing: my new gun. If I really did kill my internet bestie's dad, I owed him an explanation.

Two Days Later

After my rushed promotion had been finalised, I was granted a day's leave, which I used to look up Cole Sanberg. It wasn't hard to find his mom's mansion. Luckily for me, news of the Dyptherion Inc. secret recording had already gone viral, so there was no doubt in my mind Cole had heard it. The drive had also contained troop deployments, secret memos, and even travel schedules. So, I knew Cole and his mom should be home. I was wearing civilian clothes: my jeans and a leather jacket with a TIFF t-shirt underneath. I figured it'd be best to enter as Cole's friend first, then try to explain the gun I carried. Protesters lined the street outside their home, so I exposed my TIFF shirt temporarily to cheers, which got me through. Nervously, I rang the doorbell and Mrs. Sanburg answered.

"Hello, Mrs. Sanburg, my name is Sergeant Davis Fington, I'm a friend of Cole's. May I come in?" I said.

"Certainly, Sergeant Fington, I'll call him."

"Thanks, let him know I go by Daveed online, he'll understand."

"Okay ..."

A while later, a rail thin guy with glasses in an electric wheelchair rolled up.

"Coaltrain?" I asked, smiling.

"Daveed, it is you; the hell are you doing here?"

"Regretfully, I've come to return this with my condolences." I carefully handed Cole the gun. Near instantly, they both started crying.

"How did it happen?" Cole asked.

"He fell guarding the intel that recently leaked about your mom..." I answered.

"How do you know this; did you fight alongside him?" Mrs. Sanburg asked, weeping.

"Honestly, ma'am, I'm the one who killed him and delivered the intel..." I admitted.

"Whaaat?!" Cole exclaimed, flabbergasted. In response, I undid my jacket, exposing my TIFF shirt and dog tags.

Cole pointed his dad's gun at me, then gestured with his free hand at the front door. "GET OUT!" he yelled.

"Cole, honey, shoot this man for Mommy," Mrs. Sanburg cooed. Her eyes began glowing red, which seemed to unnerve Cole as much as it did me.

Through tears of rage, Cole flung his free arm at the door in a directional gesture. "I said GET OUT," he screamed.

Shockingly, Mrs. Sanberg back-handed Cole, seized the gun, and began spraying wildly.

"YOU JEOPARDIZED YEARS OF WORK, RUINED THE EMPIRE I WAS BUILDING FOR MY SON... NOW DIE!" she screamed.

"I understand your rage, but refrain from firing or your house will burn down!" I tried to reason with her while deftly dodging her amateur aim. Realizing she wouldn't quit, I seized my opening when her mag ran out. Charging, I grabbed the gun in one hand, pushing it aside, and uppercut her with my free fist. Now armed with the family gun, to my chagrin I stood facing a crying Cole and his bloodthirsty mother whose body was beginning to glow red from her veins.

The living room of Cole's home had begun to light up in flames from the elemental gun's flame rounds.

"Cole, Mrs. Sanburg, we need to go, now!" I said, cautiously aiming at Mrs. Sanburg in case she turned on Cole in her rage again.

"No, you go... to hell!" Mrs. Sanburg growled. Suddenly, red energy beams exploded from her fingers, blowing her skin and fingernails off. I dropped to the ground like I'd been ordered to do push-ups, just narrowly dodging the beams which seared straight through the front wall of the house, killing three rows of innocent protesters.

"Mom, stop, you're killing people!" Cole ordered desperately.

In response, Mrs. Sanburg flung her arm in his direction, pointing as though she were about to give a lecture, clearly blinded by rage. In that moment, there was nothing I could do to stop the beam still emitting from her finger from blasting through Cole's skull. Desperately, I rushed forward and bashed her in the head with the gun, knocking her out cold. Despite the blood on her forehead, she looked serene; that was until acrid smoke began to build, obscuring my view and choking me. Carefully, I dragged the Sanburgs from the burning building before turning to face the growing mob.

"Cole Sanburg has died by her hand. I declare this war over and put Sandra Sanburg under citizen's arrest with the authority vested in me as Sergeant of the Torq Industries Fighting Force! Any questions?" No one spoke, but eventually some people cheered. "Death to Dippys!" one man yelled.

Epilogue – Two Days Later

Thankfully, the commander had kept his word, ensuring my family was treated with Helix-6's miracle Dyptherite cures. Though I made certain they didn't use any direct injections to avoid any personality shifts or superpowers like what Mrs. Sanburg had exhibited. In more great news, the TIFF granted me an honourable discharge now that I'd effectively ended the war. I'd heard Mrs. Sanburg had blamed me for Cole's death and swore revenge, but I didn't care. She was in prison for life under special watch by voluntary TIFF forces. I'd opted to sell the Sanburg family gun for a cool three million dollars, which was just enough to buy a modest two-story bungalow – the Helix-6 housing market was worse than Earth because everyone on Helix-6 had to be rich to begin with in order to get there. Apparently, my commander had conquered the Dyptherion Inc. headquarters in the name of Torq then had divested most of its resources to pay families of those lost in the war. He was a good man. Torq wasn't perfect; they were still terraforming and destroying planets' ecosystems for Dyptherite no different than their enemies had, but at least they paid their soldiers well, and even took in Dyptherion Inc units with amnesty. I was glad soldiers weren't basically abandoned to fend for themselves the way some Earth governments seemed to do; not that it was my business anymore.

I had been extremely lucky, sure I lost my only friend and had to live with many deaths, but I'd only needed to see combat once to fulfill my ultimate goal: my family safe and whole again.

"We're so proud of you, Davis... Sergeant Fington!" my mom said, crying happy tears. My dad just shook my hand, then handed me the keys to his Harley, which he'd somehow convinced my commander to bring along. Apparently, it was his condition for leaving. The thought made me laugh, which drew a quizzical look from Dad, but I just smiled and shook his hand in thanks. Vicky, on the other hand, was too busy practising gymnastics to say anything, which was fine by me. We'd all lied by saying she was fine on Earth, so she didn't need to understand why she was actually fine now. I was just overjoyed everyone was proud as well as safe. My mission had been accomplished.

The Swamplands Part Two: Red Finch Rising
Chapter 1 – Rocket-Powered Coaltrain

"My name is Cole Sanburg; I should be dead," I said to the flabbergasted funeral attendant who'd found me awake on his autopsy table. I remembered everything, right down to my own mother maybe accidentally blowing my head apart. I could see myself in a nearby mirror. All I had to show for my previously mentioned explosive death were a few scars where the lingering Dyptherite from Mom's attack had fused my head back together.

"Is my wheelchair around?" I asked.

"Down the hall, I'll grab it," he said, nervously clutching his Christmas sweater.

Once I was mounted up, I said, "LYLA awaken, code Cole." Moments later, Lyla stood on her robotic projector arm looking sexy.

"Greetings, Cole, how can I help you today?" she said in a sultry voice.

"How long have I been out?" I asked.

Anticipating my real question, she answered, "Three weeks, the war is over, and Sandra Sanburg is currently held in supermax prison under Torq guard. All of your family's assets have been seized and you've been declared dead."

"Great..." I said sadly. *Mom's gone and so is everything else. Other than this wheelchair, I've got nothing.*

Ignoring the stuttering requests from the funeral attendant to stay, I left the funeral home. I drove out into the streets of Helix-6, ignoring the quizzical looks from some people. Part of me somehow assumed that their reactions were because of Mom's famous fall, no doubt including news of my death. People started filming me with their holophones; some even said my name in awe. After a while of silent driving, I finally made it to my house with not much battery left. The house had been repaired from Mom's fire gun attacks and turned into a Torq base. I was ambivalent; I'd always disliked that gaudy house. I just hoped some of my stuff remained. I rolled into the kitchen on the main floor, which had been turned into reception. At the main counter, a lady that looked a lot like Lyla smiled my way.

"Hello, Mr. Sanburg, can I help you?" she said.

"You know me?!" I exclaimed.

"Everyone does; you're the man who survived death."

"News travels fast, eh?"

"Indeed. So, what did you need?"

"Is any of my stuff still here?" I asked hopefully.

"No, sorry, the estate was sold off to Torq."

"Can I check my room out before I go?"

"Sure."

"Thanks."

I rode the house elevator up to my room; it had been stripped bare. I looked at Lyla and smiled.

"Lyla, disengage safe, code Sanburg1," I said.

Lyla flashed blue in response, and moments later, a chunk of the south wall disengaged and swung out. Inside was a closet-sized safe Mom had installed for me. I'd integrated its systems with Lyla years ago in case I fell from my chair or needed a way to get in quickly. Paranoia had paid off. Inside was my prototype battle chair, a spare charger, and a horde of cash from years of birthdays under a rich Mom. The battle chair was a joke project Dad and I had worked on over the years. It had an elemental gun strapped to each armrest, neon lights that glowed red in the undercarriage, and most excitingly, two rockets strapped to the back frame. The whole thing ran on two drops of Dyptherite, thereby negating the need for batteries. I disengaged Lyla's command arm from my main chair, then carefully synced it with the battle chair so she could monitor the Dyptherite and control the chair's unstable systems safely.

I drove my old chair up beside the battle chair, transferred into the battle chair, then started stuffing the backpack above the rockets with cash. All together, I had about a million dollars, which wouldn't get me too far in this economy. My plan was simple: leave home behind for good, grab a new holophone, and if possible – network with other 'zombies', if such people even existed. I hoped others were in my situation if only so I wouldn't be lonely. It was selfish to be sure. I sealed the vault via Lyla, then quietly left home being thankfully ignored by the secretary. *Disabled people are practically invisible on this world* I thought, for once happy for that fact. I didn't know how I'd go about explaining my battle chair if it came down to it.

I hailed a hover taxi and began the journey downtown, covering myself and my guns with a blanket. No one asked any questions, which was good. I grabbed a new holophone from a downtown kiosk then Googled disabled people's meetings. There was one for soldiers disabled by the war taking place in an hour downtown, so I began the chair trek down the street. My scars turned out to be the key to my entry as the receptionist only needed one look at me to let me join, no questions asked.

For the most part, I just listened as I wasn't a soldier, so I had no experience to contribute.

The room was awkwardly quiet till one man with a red bird on his jacket spoke up.

"The rich, the Torqs of the world did this to us. Promised us riches and safety for our families and what did we get? Nothing!"

The room was full of agreement and nodding.

The bird man continued, "They tried to hide it but you know what I learned? Injecting Dyptherite directly gives you superpowers!"

I interjected carefully, "Uh... ya I heard that too but I also heard it drove Sandra Sanburg mad."

The bird man looked at me like he knew me. "What's a little madness in this mad society? We have to get ours. Rumour has it the Richie Riches of Helix-6 have been injecting their kids, especially the disabled – thinking it'll cure 'em."

I groaned in audible disgust along with a few others. Dyptherite cures *had* negated most diseases, but for those previously afflicted by disabilities, there wasn't much extraction-based cures could do. *I hate to admit it, but if direct Dyptherite blasts can bring me back from the dead, maybe they have a point...*

I looked at bird man; he was quite shifty with his beady eyes, nervous demeanour, and greasy skin. The red bird on his jacket was strikingly serene, but didn't suit a man's attire well.

"If the Richies won't help us for all we did for them, I say we take their damn miracle drugs and whatever else we damn well please for ourselves! Vets deserve better than what shit hands society deals for them!" he continued, his nerves quelled by anger rising in his voice. People in the room were voicing agreement more and more. I was beginning to feel uncomfortable.

"Vets most certainly deserve better," I agreed. "Do you intend to run for office? If so, you have my vote!" I said, trying to sound eager enough that his wrath would calm.

"No," he replied ominously. In that moment I knew I wouldn't find like-minded people here, so I quietly excused myself. I'd hoped my eerie run-in with bird man was the last time, but my hopes were quickly dashed.

"Sanburg!" bird man called out behind me. Without thinking, I turned his way.

"Yes?" I said nervously as I shifted my hand under my blanket to the trigger of my left gun.

"I knew it... that's why you warned against injecting Dyptherite, you're the Dippy zombie Sandra made!" he said excitedly.

I cringed. "I'm no 'Dippy zombie', just Cole, thanks. What did you want?"

"You're proof the rumours must be true, you lived!"

"Sure, but as far as I know I've no superpowers."

"Whatever, you're still the man I need to take down the Richies exploiting whole planets for Dyptherite. You know just as well as I do Torq is no better than Dyptherion was! We can take them all down together." His earnest eagerness would easily sway a lesser man, but I wasn't fooled.

"One honourable vet such as yourself and a cripple like me can't do anything to Torq," I said, trying to sound calm and respectful when I was growing uncomfortable and nervous. Bird man seemed overly agitated by my response as if I'd insulted his life-long dream.

"Fine. Bye," he said abruptly, leaving with a dismissive gesture. Glad that our talk was over, I settled my thoughts on where to go next. I was homeless with only what I could carry to my name. I decided to look up Davis Fington and easily found his family's bungalow on the outskirts of town. I figured since he ruined my life, he at least owed me lodging; not that I blamed him for how events transpired per se.

When I finally cabbed my way to Davis's house, I rang his doorbell. A little girl answered the door.

"Hi, Vicky, is Davis in?" I asked.

"Yep, who are you?" she said.

"I'm his friend Cole."

"I'll go get him, bye."

"Thanks!"

A while later, Davis came to the door. He took one look at me, then his face went white.

"How the he—" He cut off, his left hand reaching behind his back for something, then a moment later his body glowed green.

"I'm not here to hurt you, I came to say I forgive you for how things went down... You were forced to kill my dad, and you spared my mom who did deserve to die. You even tried to save me from her. I have nowhere to go thanks to Mom; can we still be friends?" I asked, doubtful.

"Dude, you're a fuggin' zombie!" Davis's shield had faded to an imperceptible light. Though I knew he was still shielded.

"I'm still me, can I come in? If my eyes glow red you can shoot me guilt-free..."

Nervously, he opened the door enough for my chair. I saw a green flash as his shield was disengaged.

Davis's family was gathered around the living room TV enraptured by something. I rolled up behind them and saw my mom and me on the news.

"Tonight, on Eden News: Sandra Sanburg escaped Torq imprisonment with a small group of prisoners seemingly enhanced by her Dyptherite blasting ability. In other news, eye-witnesses have confirmed Cole Sanburg is alive; here are images taken by curious civilians... and finally rumours of Torq CEO Rahul Torq injecting his type-2 diabetic daughter with Dyptherite appear to be true. No word on her condition at this time. Torq authorities caution against Dyptherite injections to no avail as we have reports of black-market sales surging. Tune in tomorrow for any updates surrounding this or other news! Kaylee Jones, Eden News."

"My mom escaped?!" I exclaimed despite myself, causing fearful reactions from Davis's surprised family.

"What the he—" Davis's dad started.

"Hi, I'm Cole, the guy on the news, I'm Davis's friend. Sorry to scare you."

"Oh, that's okay, honey," Davis's mom said. "I'm glad you're not dead, sorry to hear about your parents like this."

"Thanks..." I said sadly, then Davis and I went into another room.

Davis was pacing while he eyed me. "Thanks for being so cool about all that went down, but why are you here?!" he demanded anxiously.

"Like I said, I mean you no harm... I just needed a friend, now more than ever."

"Okay cool, fine, but you should be dead, man!"

"Well, sorry to disappoint, here I am," I said smiling.

"But how?!"

"Fugged if I know, dude, I just learned from the news my mom can give people superpowers. Maybe I'm immortal?"

"Oh hell, and now your oh-so-wonderful mom is out there empowering dangerous people on a whim, and for what?"

"No doubt to build an army. My mom loves being in charge; I'm sure her time in prison only made her love Torq even more..."

"What are you gonna do?" Davis asked, noticing my mischievous smile.

"Fight back," I said.

Chapter 2 – The Finch Takes Flight

"Fight back... how?! Davis looked at my wheelchair, then at me; I could tell what he was implying.

"With this!" I exclaimed, removing the blanket covering my battle chair with gusto. Davis's jaw dropped.

"What the hell, man, you came in here in a tank?" He was incredulous.

"It's just a heavily modified wheelchair: two AI-controlled rocket boosters, Dyptherite powered, with two element-rotating guns to top it off. A little project my dad and I put together as a joke. I never figured I'd need the weapons or rockets, but the Dyptherite power cell came in handy, fast," I explained.

Davis resumed pacing. "So, what? You're gonna take on your super-criminal mom – who already killed you once – and her cronies by yourself?!"

I smiled gently. "I was hoping you'd help, Sergeant."

Davis guffawed. "Fugg no, I ain't helping. I got a family to care for. Torq already tried recruiting me over the holophone before you showed up. I'll tell you what I told them: I'm done with war, done with death... thanks anyway."

"Understood; you mind if I stay here occasionally? I can pay room and board. I just want to lie low a bit while I build a team."

"Sure, might as well, we have two spare rooms. But no bringing your war to my sister's doorstep. The second things get real I want you gone; I don't care!" Davis was adamant. I simply nodded my agreement before heading back to the living room. Davis's family was still wrapped up in the day's news coverage, but on a different network.

"This just in: Multiple bodies were found in the homes of Torq personnel. Warning, the imagery you're about to see is very graphic!"

Davis's dad quickly escorted Vicky upstairs to her room. What I saw shocked me to the bone: Women were stripped nude, their faces ripped off from the jawline up with multiple stab wounds in precise locations. Beside each corpse was what looked like the shape of a bird drawn in their blood.

"All three victims were wives of high-ranking Torq personnel, that's the strongest link investigators have, along with the following manifesto:

I gave my body and soul to Torq fighting their selfish resource war, but now, thanks to Queen Sandra, I've gained the power to fight back, and take what I want. Right now, all I want is Torq faces so they can't smile facetiously at us disenfranchised, abandoned vets anymore! Be afraid, Torq bigwigs, the Red Finch is coming for your families so you too can feel the loss of loved ones like all of us! When I'm done breaking you, you'll be next! Everyone will learn the folly of false promises!

The manifesto was signed with a red bird. At this time, police have no suspects as thanks to security cam footage at crime scenes we know the perpetrator can turn invisible and appears to have super-strength. That's all we have for news tonight, this is John Grandy signing off for Helix Press."

I sat there, mouth agape. *The Red Finch, huh? Wonder if that's the angry bird man from the vets' meeting. Whoever he is, if he does have super-strength and invisibility, I'll need help. Mom has to be stopped. I know she has to be Queen Sandra... who else could it be?* I thought sweating with anxiety. Davis put his hand on my shoulder.

"Are you sure you can't help?" I said with pleading eyes.

"Yup. Super-serial killers are way above my pay grade," he said.

"But you're a Torq Sergeant, what if he comes for your family?!"

"Then he'll meet my guns before he ever sees them." Davis sounded confident, but no soldier could be expected to shoot an invisible enemy. Inspired, I decided to put an ad out on my favourite streaming service, Glitch, for any augmented people who wanted to meet up re: Dyptherite injections and this Red Finch person. I signed it Cole Sanburg, hoping my fame for coming back from the dead would drum up interest.

***

I awoke the next day to a single solitary message on my post from Jacinda Torq that just said, "I'm in." So I contacted her to set up a meet at a downtown coffee shop for this afternoon. After some begging on my part, Davis agreed to come, if only to assess the situation from an insider. The coffee shop was quaint, small, and almost plain, besides its natural wood decorations. Davis and I sat at a table near the front door, ready to bail if the Red Finch showed up. The shop was almost empty, so it was somewhat surprising when a tall black woman walked in wearing a white dress.

"Cole Sanburg? I'm Jacinda Torq," she said curtly. I introduced Davis while shaking her hand.

"So, why did you agree to meet me?" I asked.

"I found out from a hidden camera that my father's goons have been injecting me with Dyptherite in my sleep. And now your mom and this Red Finch bastard are out there. I want to take them all down," she said seriously.

"Do you have any powers?" Davis asked.

"Besides all of my Torq clearances, I appear to have super-strength, but its use is costly."

"How so?" I asked.

"How old do I look?"

Confused, I said, "Forty maybe, why?"

She grimaced. "I'm twenty. Every time I eat sugar, I get strong but I also get hella old. And you two, what can you do?"

"Davis is an ex-Torq Sergeant and I have an armed wheelchair and maybe immortality. I haven't tested that last part..."

Davis piqued up. "I'm not a part of this, just doing my due diligence for my family," he said suddenly.

Jacinda raised an eyebrow. "Fine, then I ask Cole, what's your plan?"

I tried to sound confident. "About my mom? No clue yet, but the Red Finch? I think I know who he is. I met a guy at a vets' meeting a while back who wore a red bird on his jacket and went on and on about taking what he wanted, just like the news manifesto. So, I'm thinking we go to that meeting and see if he's around, maybe threaten him and if he doesn't fight back, it isn't him," I proposed.

Jacinda laughed. "Great plan, except it isn't. Why wouldn't a vet fight back if attacked? Him retaliating proves nothing unless he happens to have both super-strength and invisibility."

I sighed. "Okay, so what's your plan then?"

"Look at me," she began, "what do you see?"

"A really attractive woman," I said honestly.

She smiled. "Exactly, the sexy, well-endowed daughter of the man our Red Finch hates almost as much as he appears to love stripping his female victims. So, I say we go to that meeting as you suggest and I'll insult the shit out of this bastard to his buddies whether or not he's there. In case that doesn't work, I'll do the same on Dad's news network, just to really make him want me dead. Then you'll stay the night at my place with your battle chair and we'll see if Mr. Big Bird shows up for me."

Jacinda seemed way too confident for someone suggesting she be bait for a deadly killer.

"Are you sure about this plan?" I asked nervously.

"Absolutely, based on his modus operandi, he'd be coming for my body someday anyway. Might as well make it interesting for him. Now, about your mom and her army..." she said.

"After we get the Finch, I say we revise your plan. I don't know if Mom saw the news so she might not know I'm alive, we may be able to get her alone that way," I suggested.

"Deal. Let's get to work," Jacinda said smiling.

We went to the Finch's vet meeting but the guy with the bird coat was a no show; regardless, Jacinda went off on the vets present about the "Bastard Finch" saying that her dad would get him.

With that done, evening was falling, so we cabbed to her place which was an absolute mansion. It was bigger than Mom's with two rows of giant bay windows – one on each floor – marble columns supported a giant balcony overlooking the main entrance, and it had a giant domed roof with a lightning rod at its epicentre. Inside was no less impressive; shining stone floors led the eyes via a pattern in the stone to a giant two-wing staircase adorned with red carpet. Every room was massive. Jacinda led me to the main floor living room since everywhere else had stairs. The living room had a giant fireplace with a wall-sized flat-screen TV above it. Every wall had its own complement of leather couches with little glass jars of candy strewn about on side tables.

"Dad loves candy; if you couldn't tell. You're welcome to sleep on one of the couches. I'll yell Beansprout if I need help, then head downstairs," Jacinda said.

"Got it. Doesn't your dad have Torq guards around?" I asked.

"Yup, but what good are soldiers against an invisible enemy trained just as well as they are?"

"Fair." With that established, it was late, so we both headed to bed.

Sometime later, I awoke to a thumping sound from outside. I'd always slept on a pin and the night was quiet, so it was easy to hear what sounded like someone had fallen over. Scared it was the Red Finch killing the door guard, I awkwardly struggled into my battle chair. Nerves made my whole body tense, so the transfer was hard and agonisingly slow. I heard more thumping noises around the building. I hoped to anyone listening that Jacinda was awake enough to have downed a doughnut or something.

"LYLA awaken, Code Cole," I whispered. Before Lyla could even greet me, I threw off my blanket and whispered, "Battle mode!" I heard a quiet whir from my Dyptherite fuel cell, then the rotating barrels on my elemental guns began to spin up, and finally there was a quiet *whump* announcing that my rocket thrusters had engaged. Lyla brought up a holoscreen to let me pick which elemental barrel my guns should use; in honour of Dad, I picked fire.

I drove up to the giant staircase in the main lobby with my guns locked and loaded, angled up at the middle landing and held my breath. There was another suspicious thump on the balcony outside Jacinda's room; that was the last guard. Moments of intense silence passed where I cursed every little sound I or my battle chair made. Suddenly I heard Jacinda cry out in anger, followed by a loud banging noise. A few more loud bangs followed, accompanied by grunts of effort. I watched the stairs keenly. Just then I saw Jacinda's fist cross into the stairway, followed by loud thumps as a barely visible body fell down the stairs towards me.

"BEANSPROUT!" Jacinda yelled, so I opened fire on the landing while yelling a battle cry. My chair's fire rounds screamed into their target, lighting an invisible man aflame. He rolled around, screaming in agony, which sent him careening towards me on the stone landing below. I backed up while Lyla adjusted my aim automatically so I could keep laying rounds into him. Somehow, the target was still alive, writhing on the floor. Jacinda stomped down the steps, then slammed into his fiery neck with her foot. I heard bones break; he stopped moving entirely.

Smiling, I looked up at Jacinda, then looked away quickly, blushing.

"What?" she asked, confused.

"Look down..." I said, giggling.

"Oh... wow okay... look at me right now!" she ordered.

I looked up her torn shirt until my greedy eyes fell on her exposed breasts.

"See: boobies. No big deal these days now is it?" she said casually.

"Sorry..." I said then opened my pants to flash her. "This is only fair."

This time she blushed. "I guess so, now put it away, big boy. This doesn't change anything, we're just allies, got it?"

"Yes, ma'am," I said with a gentle smile. We pondered the corpse in front of us a moment.

"Is that the guy from your vet's meeting?" she asked.

"Looks right body-type wise, but he's burnt to a crisp so it's hard to be sure..." I answered.

"Let me go change, then we'll call my dad; he has forensics guys who can compare this to the other crime scenes."

Before Jacinda could leave, I grabbed her wrist carefully.

"What now?"

"Jacinda, your hair!" I exclaimed. Parts of her hair had gone bright gray while her face had suddenly wrinkled up like an old lady.

"I told you, my power has a cost..." she said sadly then marched off to her room.

"Lyla, disengage battle mode," I ordered before letting out a sigh of relief. The room stunk of shit and burning flesh. I ended up vomiting on the floor.

A few hours later, Jacinda's father arrived with a full complement of Torq guards as well as a forensic team. He thanked me for helping Jacinda and even offered me some Torq weaponry which I politely declined. Sure, I could've taken it to sell for money, but I still had my million dollars so I'd be fine, plus I'd heard from Jacinda that she would try to get my house back from Torq. Given Torq's history as a conqueror, I wasn't holding my breath.

Sometime after, we were approached by the Torq forensic lead who simply nodded in confirmation. We'd killed the Red Finch Killer. *Guess I'll be in the news again,* I thought.

Sure enough, news crews mobbed Jacinda and I when we were finally dismissed by her father, Rahul, the CEO of Torq Industries. We answered a whole host of questions about the attack, how it made us feel, that sort of thing. Then they asked if I had anything to say. I nodded.

"First, I want to thank Jacinda for doing all of the dangerous work, I was just here really. Second, I want to address my mother, Sandra: Mom, if you're out there, turn yourself in, your war is long since over. If any of your efforts were for my sake, do this for me, or I'll be forced to join Torq in stopping you..."

Before I started crying, I left Jacinda's place, hailing a cab down the road to take me back to Davis's. I felt horrible; I went from a nobody programmer to an accomplice to murder, and now I'd have to fight my own mom. I knew better than anyone my pleas had fallen on deaf ears; there was no way she'd ever turn herself in. In my mind, one question remained: what could I really do to help? Beyond being bait or something, I wasn't sure. By the time I made it to Davis's place, I was plastered all over the news. Davis's family was all smiles when they saw me.

"Dude, you helped stop the Red Finch Killer? That's so badass!" Davis said.

"Yup, now I have to help stop my super-villain-creating mother. Can I count on your help, Sergeant Daveed?" I said, smiling.

Davis laughed. "Been a long time since anyone called me that. I quit gaming months ago. But yeah, now that the Finch is gone, my family should be safe enough that I can leave, sure," he said.

"By the way, why'd you go by Daveed online?" I asked.

"In honour of Ziva David from my fave show NCIS. I watch a lot of re-runs," he explained. My holophone dinged.

"A message from Jacinda!" I exclaimed. "She wants to know if she can come over?"

"Sure," Davis said, "I'd be happy to have a lady as tough as her around."

A few hours later, a whole convoy of Torq armoured vehicles rolled into Davis's driveway. Rahul Torq, Jacinda, and a small army approached the building. Davis and I went out to meet them all.

"Hope you don't mind; I brought a few friends," Jacinda said, smiling.

"Glad to have 'em," Davis replied. I just shook Jacinda's hand.

"Sergeant Fington, glad to have you on board!" Rahul said.

"Thank you, Sir. You know my name?" Davis was shocked.

"I make a point of knowing all of Torq Industry's war heroes. You single-handedly exposed Sandra Sanburg and won us the war. That's heroic to me!"

"Sorry to say, Sir, but it wasn't single-handed. My whole unit gave their lives to win us that fight, I was just lucky..."

"Humbleness is a sign of great strength. I respect that. My men have intel on the whereabouts of Sandra Sanburg, but she's heavily guarded. Not to worry. I brought S-tier electric guns – a Torq specialty – and a new anti-element body armour we've had in research and development for a while. If you're all ready, we can move now."

"Mr. Torq, if you'd permit me, I'd like to go alone to see if I can negotiate with my mother peacefully," I said.

Rahul Torq just nodded, then texted me an address by the Eden city sewers.

Chapter 3 – Battle of the Finches

On the way to the battleground, the cabbie was playing the news, which droned on and on for a while until a special alert came over the speakers.

"This just in: On the same day as the Red Finch Killer was confirmed to be deceased, copycats have sprouted up all over Eden city, all of them targeting Torq personnel and their families. We can confirm, thanks to notes left at the crime scene, that Sandra Sanburg is responsible for empowering these killers and we speculate that she's also responsible for deciding their victims." I grimaced. *This has to stop today!* I had the cabbie drop me off a block away then woke Lyla so she could engage battle mode. Once I was locked and loaded, I took off for the house beside the sewer entrance. It was a decrepit dump. The front door was locked so I blasted it open with my left fire gun and rolled in ready for a fight. Instead, what I found was some sort of bloody orgy with my mom sitting on a throne in a white dress. Red Finches had been scrawled all over the walls and one was even painted on her dress.

I raised my hands in surrender to slow the advance of a bunch of nude men and women who all looked ready to eat me.

"Mom, you have to stop this madness... the war is over!" I said.

"No, Cole, while the Tiffanys still breathe, this war is far from over. Join us!"

So that's how it has to be, huh?

"Fine," I grumbled, then opened fire into the crowd.

Over the wailing bodies engulfed in flames, I saw a crimson light explode from my mom. I focused fire on her remaining allies, some of whom seemed unfazed by my weapons. "LYLA, SHOCK NOW!" I screamed and my barrels switched from fire rounds to electric, which subdued those still standing handily. I heard Rahul Torq's convoy approaching, as did my mom. Roaring, she suddenly burst forth a pair of crimson hands from her chest, which ripped open a portal in the air. In a split second, I saw what looked like Earth, then I was staring at a desolate city with a building in the distance. *Is that the Canadian Parliament building?! It was demolished decades ago for resources!* I saw Mom entering her portal just as some of her Finches began to rise. *You're not escaping!*

"Lyla, rockets, now!"

My battle chair launched forward so fast the G-forces glued me to my seat. I opened fire into my mom's back right as the foot pedals of my chair plowed full force into her shins, and we were both sent spiralling into the portal.

Earth One – 2050

In Quebec, a single soldier did their best to lead a people on the verge of civil war.

"You're not *our* Prime Minister, you're a self-appointed dictator! The PM is BM! The PM is BM!" a man in scraggy dress chanted, drawing up cheers and repeats from the growing crowd of protesters. They began throwing gravel and anything else they could grab at the soldier who was covered in red and white power armour. Nothing thrown fazed the soldier physically, but their tone was distraught.

"Fine! If you wish to appoint someone else, by all means, I'm done!" they said seriously then marched from the Parliament building into the garbage-riddled streets. Protesters unsatisfied with their victory gave chase with gusto. Suddenly a crimson red gash ripped open in the sky releasing two bodies locked in combat. The soldier watched as a man in a modified wheelchair shot at a similar-looking woman in a torn white dress.

To the soldier's shock, giant crimson fists burst forth from the woman's chest that pounded the man, chair and all, right into the approaching protesters. The impact killed multiple people instantly. Shock turned to rage as the soldier grabbed their rifle.

***

As I took in the scene around me and what appeared to be a soldier in red and white armour, my battle chair exploded in multi-elemental bursts. Its unstable Dyptherite power cell had been ruptured in the crash. Even with their enhanced body and power armour, the soldier was sent careening backwards to the dying screams of the citizens that seemed to have been baiting them as we came through the portal. My body smoked among the ruins while Sandra hid in a cocoon of crimson energy for a while, doubtless regaining her strength. The soldier approached us cautiously, rifle at the ready. I must have looked dead as I could barely open my eyes. Sandra, however, was another story. When the cocoon finally dropped, in its place stood Sandra nude, with multiple crimson arms reaching outward from her body. The soldier dodged one of the arms as it reached for them, opting to slice it with their freshly drawn sword. The sword blade melted on impact. Reflexively, the soldier dropped their broken sword and re-drew their rifle in one fluid motion. .50 calibre armour piercing rounds exploded forward, slamming the woman directly, but they only made her stagger.

Without wasting any time, the soldier charged forward, abandoning the gun for some good old-fashioned close-quarters combat. Blow after blow, the soldier gained the upper hand all while dodging multiple impossible strikes from the woman's ethereal arms, thanks to their enhanced reflexes. The woman was backed against a giant tree so the soldier wound up and punched her head so hard her body went through the thick tree trunk in a wash of splinters, which finally rendered her unconscious. Assuming the fight to be over, the soldier glanced over towards the dead protesters. I groaned out of nowhere. Before I could even fully open my eyes, the soldier was on top of me with their rifle barrel squarely aimed at my face.

I looked at the huge warrior standing over me, then at my unconscious mother.

"Wow, you're good... who are you?" I asked.

"I am Strength. ex-Prime Minister of Canada, removed by force. Now I am just a soldier as I wanted to be. Who are you?" Strength said, not wavering in their military readiness.

"I'm Cole Sanburg, gifted with immortality by my psychotic super-villain mother whom you just took down, so thanks!"

Strength seemed well beyond confused, since none of what had just happened was humanly possible. They opted to say nothing. I crawled from my busted husk of a battle chair, swearing the whole way while ignoring the rifle trailing me.

"I need to get her back home; can you toss us through the portal or something?" I asked Strength.

Dave piped up from within Strength's helmet. "Grab those rocket boosters, I have an idea!" he announced through the helmet's built-in speaker. Inside Strength's helmet, Dave guided Strength through the process of attaching the rocket boosters to the back of their armour. Once Strength was done, Dave programmed the power armour to send juice to the rockets and they flared to life.

Wordlessly, Strength grabbed both us Sanburgs under our arms, then blasted off into the portal, leaving their Earth behind for good.

I opened my eyes and was shocked to find myself back in the Red Finch house surrounded by nude corpses. I looked up to find Davis there in full Torq gear with Jacinda and her father. Jacinda had clearly been fighting, because now she looked to be about eighty years old. Her father would have to face his own reckoning for allowing her to be augmented, though that wasn't my problem. Strength gently handed me over to Davis while keeping an eye on my mom who had begun to stir.

"I don't know who you are, but that woman is a criminal; toss her on the pile with her ilk and we'll deal with her... Cole, look away!" Rahul Torq ordered. Without question, Strength obeyed. Rahul, Davis, Jacinda, and a squad of soldiers all opened fire on my mom until her power gave way in a crimson burst and she was reduced to ash. All I could do was cry and pound my fist into Davis's armoured chest. Mom's portal closed when she died, marooning Strength on Helix-6 with no way home.

"It's over..." Davis said finally. I just glared at him through tear-stricken eyes. I guess I just needed someone to impart my freshly orphaned rage on. I knew from the moment Mom first killed me there was no saving her, but I never thought it would come to this. So much death was wrought over a war Davis had already ended.

"Who are you, warrior?" Rahul asked Strength.

"I am Strength, ex-Prime Minister of Canada from what I can only guess is an Earth different from yours," they said, looking around at Eden city's modernist Asian architecture and clean streets.

"Remove your helmet, soldier," Rahul ordered and Strength obliged, letting their striking female visage and flowing red hair see the light of day.

"What is your full name?" Davis asked.

"Strength," they replied with a soft but commanding voice.

Davis looked at me receiving only a tearful shrug. A kind Torq soldier brought me a chair, so Davis put me in it gently.

"Well, Strength, regardless of who you are and where you come from, Torq is always looking for new recruits. What say you to becoming a soldier?" Rahul asked.

"I already am a soldier, Canadian Special Forces, trained from youth under General Zai," Strength answered with a hint of pride.

"Perfect! You did Torq a great service by saving Cole Sanburg and delivering us Sandra Sanburg. You probably don't even know the scope of your achievements today, but suffice it to say you just saved many lives and ended a decades-long conflict. I can personally offer you a rank of Captain and a team of your own to train. We can also get you new armour and weapons; it looks like yours are quite beat up," he said.

"I'd be glad to train new recruits for the trials! Though I won't need new armour thanks, this suit is one of a kind now." Strength seemed excited.

"What are the trials?" Davis muttered. I just shrugged.

Epilogue

Thanks to Rahul Torq I got my house back, which was great. I decided to rent out many of the mansion's rooms to the poor for whatever they could pay. I even got my inheritance from Mom, given the circumstances, so I'd never need money again. Though that didn't stop me from taking on an AI researcher role for Torq in the old Dyptherion headquarters, which was really just an excuse to use company resources to recompile Lyla. Davis returned home to his family. Meanwhile, Strength was excelling at being a Torq Captain, especially after Davis gave them his energy shield so they didn't have to replace their old armour after all. I'd heard from Davis that Strength's unit was mopping up the other augmented citizens of Helix-6 with great success. Questions still swirled in my mind around the morality and results from humanity's continued use of Dyptherite, but direct injection carried the death penalty now, so no more super-villains should come of it. All in all, I was finally content to live out my immortality the way I saw fit.

Thank You!

Thanks for reading my collection. It'd mean a lot if you'd leave a review on Amazon, Goodreads, etc. But especially Amazon, doing so greatly helps a book in the endless battle to get sales.

Thanks for your time, I hope you enjoyed my work.

Regards,

Lia Ramsay

Français
Titre

Collection de Héros Canadiens par Lia Ramsay
  Anglais édité par Jacqui Corn-Uys
  Formaté par draft2digital.com
  Traduction en français par DeepL Pro
  Image de couverture par grandeduc
  Copyright 2021 Lia Edward Ramsay
  Ebook ISBN : 978-1-989115-07-7
  Print ISBN: 978-1-989115-08-4

Le Dernier Soldat
Chapitre 1 - 2050

La planète est partie en couille pendant que les hommes ayant les ressources nécessaires pour y remédier se sont lancés dans une course à la limite de l'espace. Je vis sous terre, je suis un soldat. Je n'ai pas de nom. Les généraux m'appellent simplement "Vous, là". Cela pourrait changer bientôt si je peux survivre aux épreuves.

"Vous êtes là !" a appelé un général barbu.

"Monsieur ?" ont répondu les quinze stagiaires à l'unisson. J'ai remarqué qu'il me désignait, alors je me suis avancé.

"Ton heure est venue. Pendant dix-huit ans, nous vous avons entraînés ; maintenant, vous prouvez votre force dans les épreuves !"

En souriant, j'ai enfilé mon body en gel devant tout le monde, avec les autres stagiaires, et j'ai défilé dans les couloirs en tôle ondulée, en passant devant notre vieux purificateur d'eau et notre serre, jusqu'à la zone interdite - la porte blindée qui scellait le site d'essai.

Le général Zai - le barbu - a utilisé sa carte d'accès pour ouvrir le site de l'essai. Ce qui se trouvait à l'intérieur m'a choqué : une salle blanche stérile remplie de chaises inclinées semblables à celles des dentistes, entourées de bras robotisés qui tenaient des aiguilles. Le général Zai a fait un geste et je me suis assis sur la chaise indiquée, rempli de trépidation nerveuse.

"Vous avez été élevés comme l'un, maintenant vous devenez l'autre", a commencé le général James alors que les aiguilles descendaient lentement vers nous, stagiaires dans nos combinaisons de gel trempées de sueur. La douleur a traversé tout mon corps lorsque les aiguilles se sont finalement enfoncées. Je pouvais sentir tous les muscles que je connaissais brûler tandis qu'une douleur persistante se répandait en arrière-plan.

Finalement, je me suis évanoui. Je ne sais pas combien de temps ont duré les épreuves, mais au vu du sourire du général Zai, il semblait que je m'en étais bien sorti.

"Toi là", s'est-il exclamé en désignant un moi délirant. "Tu as survécu, et en tant que tel, tu as passé les épreuves. En tant que parrain, je te nomme Force."

"Force. . ." J'ai marmonné, souriant comme un idiot alors que j'essayais de me mettre debout. Mon corps était incroyable, mais quand j'ai baissé les yeux, j'ai été choqué de constater que j'étais très différent. Cette révélation m'a fait perdre connaissance.

Quand je me suis enfin réveillé, j'étais allongé dans une pièce noire.

"Je comprends que la transition soit éprouvante, mais tout va bien. Quand je rallumerai les lumières, vous serez dans votre armure de puissance et les traits visibles, comme ce qui vous a tant choqué, seront cachés," dit le Général Zai.

La lumière m'a frappé au visage, mais la visière de mon casque s'est activée et a automatiquement agi comme des lunettes de soleil, protégeant ma vue désormais améliorée. Mes yeux ont parcouru la pièce alors que mon cerveau paniqué s'attendait instinctivement à un danger.

"Vous allez bien, Force, maintenant levez-vous", ordonna doucement le général Zai.

Je me suis mis au garde-à-vous, ancrant mes yeux sur le général Zai, une personne qui avait été comme un père pour moi. Cela m'a légèrement calmé.

"Monsieur, si je peux me permettre, où sont les autres ?" J'ai demandé.

"Mort. Vous êtes les seuls à avoir survécu aux épreuves", a dit le général Zai, avec une pointe de tristesse dans son discours stoïque. Une partie de moi voulait pleurer pour eux, mais finalement, je me sentais juste engourdi. Nous étions tous juste "Vous là". Nous n'avions pas le droit à des passe-temps ou des traits distinctifs. On passait nos vies à se battre entre nous, à faire de la musculation et à s'entraîner au stand de tir. Tout ça pour aiguiser nos corps pour ce jour où nous passerions les épreuves et émergerions prêts à reconquérir le monde de la surface pour les Généraux. Maintenant, j'étais le seul survivant. J'avais enfin un nom : la Force. Sans doute le Général Zai m'a-t-il donné ce nom pour signifier qu'il voulait que je sois fort, ce que je devais être pour reconquérir seul une partie du monde de surface supposé désert.

La peur a commencé à m'envahir. Je savais que l'ordre allait arriver.

"Force, vos ordres sont d'explorer la surface pour trouver une terre habitable avec de l'eau. Notre purificateur est défaillant. Maintenant qu'il n'y a plus que nous, les généraux, nous tiendrons quelques mois, mais seulement si nous avons de la chance. J'ai rempli les réserves d'eau de votre combinaison. Pour faire fonctionner le générateur hydro-nucléaire de votre combinaison, vous devrez maintenir les niveaux d'eau aussi élevés que possible. Et souviens-toi : une activité intense drainera la cellule plus rapidement. Pour l'instant, vous avez trois mois d'autonomie. Venez avec moi." Le général Zai a fait un geste et j'ai suivi, certain que nous allions nous diriger vers l'armurerie du bunker.

Une fois que le général Zai nous a fait entrer, j'ai été confronté à un spectacle familier : des fusils, des arcs, des couteaux, des épées, des munitions, des combinaisons d'armure plus puissantes, des cellules d'énergie et des mannequins d'entraînement en bien mauvais état. J'ai pris deux couteaux de combat, un fusil de sniper, un arc à poulie pliable, une épée courte et un carquois de vingt-quatre flèches. Le général Zai m'a aidé à attacher les couteaux aux hanches de mon armure tandis que le général James a attaché l'épée, le carquois et le fusil à mon dos. Pour terminer cet ensemble absurde, j'ai rempli mes poches de poitrine de munitions de fusil perforant - dix chargeurs de douze cartouches chacun.

Je me suis tourné pour regarder dans le miroir. L'armure laissait des choses comme le genre ambigu, car elle couvrait tout mon corps d'un blindage blanc aux accents rouges. Ma visière était en forme de V étiré et rouge sang. Je ressemblais à un chevalier aux allures criardes mélangé à un super-soldat. Je m'étais déjà entraîné dans une armure dépourvue de puissance pour sentir à quel point deux tonnes sont lourdes sans assistance, alors je savais que lorsque le général mettait en garde contre l'eau, il était sérieux.

"Cette armure est votre maison, mais si vous n'en tenez pas compte, cette armure sera votre tombeau", mettait toujours en garde le général James.

"Monsieur, pourquoi ai-je besoin de toutes ces armes ?" J'ai demandé, redoutant intérieurement la réponse.

"La surveillance par drone d'un rayon de quarante kilomètres montre que plusieurs villes de l'Ontario sont tombées aux mains des bandits. Le combat rapproché, c'est bien, mais il faut faire attention à la consommation d'eau, alors il vaut mieux être équipé au maximum", raisonne le général Zai.

"Le drone a-t-il donné des indications sur les conditions du sol ?" J'ai demandé.

"La pollution est lourde, alors gardez votre casque en permanence, sauf si vous êtes en sécurité ou si vous mangez. Le processus d'électrolyse de la combinaison vous permettra de rester alimenté en oxygène. Les vagues de chaleur dépassent les projections mondiales de un à cinq degrés, alors prenez de l'eau où vous pouvez pour faire fonctionner la combinaison ou la chaleur vous déshydratera en quelques minutes. Enfin, les crues soudaines sont fréquentes et les terrains sont jonchés de tiques porteuses du virus du Nil occidental pendant les périodes sèches. Vous devrez éviter d'utiliser de l'eau sale si possible, pour ne pas endommager les systèmes de votre combinaison, mais en cas de besoin, je mets des filtres en tissu avec vos munitions de fusil."

"Merci, monsieur", ai-je dit lorsque le général James a relâché ma plaque de poitrine pour me montrer une dernière fois la valve d'admission d'eau.

Une fois que j'ai sélectionné le bouton sur l'affichage holographique de ma visière avec en clignotant, la plaque de poitrine s'est refermée. Pour couronner le tout, le général James m'a remis un sac rempli de barres de rationnement, de la corde en acier et un couteau suisse.

"Normalement, votre costume devrait être vert camouflage forestier, mais en tant que dernier représentant connu du Canada, la plus grande nation, nous avons opté pour les couleurs de notre drapeau."

"Je vais me faire remarquer..."

"Oui. Mais vous êtes très résistants aux balles perforantes de calibre 50, ou même aux barrages de RPG légers. Ni l'un ni l'autre ne sont communs parmi la populace. Les images des drones montrent qu'il s'agit surtout d'armes légères et d'armes de fortune," explique le général James.

Je soupire ; le rappel stoïque de mon état imperméable n'était pas aussi réconfortant qu'il l'espérait probablement.

"Force, aujourd'hui tu quittes le bunker dans l'espoir de trouver des solutions diplomatiques à nos problèmes afin que l'humanité puisse reprendre le Canada pour la prochaine génération. Les couleurs de ta combinaison devraient toujours te rappeler cet objectif sous-jacent. Mais si la paix ne peut être obtenue par la diplomatie, n'hésitez pas à l'assurer comme bon vous semble ", a terminé le général Zai alors qu'ils me conduisaient une dernière fois devant la salle verte et le purificateur d'eau vers l'entrée de notre maison, qui ressemble à un coffre-fort bancaire.

Les deux généraux ont tapé leurs cartes d'identité et la porte, semblable à une chambre forte, s'est ouverte en grinçant sur son rail nervuré géant. Une lumière blanche aveuglante et une vague de chaleur nous ont accueillis. J'ai fait un signe de tête pour dire au revoir au général Zai, puis j'ai foncé dans le désert tandis que la porte se refermait derrière moi.

Sous tension, mon armure semblait en état d'apesanteur alors qu'elle pesait plus de deux tonnes avec mon équipement. Je savais que je n'avais que trois mois, au mieux, pour reprendre le pays de mes généraux. Facile. Du moins, je l'espérais. Avec ma vue améliorée, je pouvais distinguer une caravane harcelée par des bandits. Deux cibles, distance 200m. J'ai détaché mon fusil et chargé un chargeur. Deux tirs, deux morts. Pendant un instant, j'ai été fier de ma compétence jusqu'à ce que je voie les cadavres ensanglantés avec des trous dans la tête. J'ai commencé à transpirer, et j'ai eu envie de vomir. En grandissant, on ne s'entraînait qu'à la guerre, on ne s'entraînait qu'ensemble. Bien sûr, les généraux nous montraient des images de guerre historiques, mais cela ne pouvait pas me préparer à prendre une vie. J'ai pris une minute pour respirer.

Il me restait cent dix-huit cartouches avant de devoir passer à mon arc. Le fait de me concentrer sur le nombre de mes munitions m'a calmé et m'a permis de rester concentré alors que je me dirigeais prudemment vers la caravane, prêt à ce que son propriétaire se retourne contre moi. Je m'attendais à une réaction de peur ; après tout, ce n'est pas tous les jours qu'une personne de huit pieds de haut, entièrement blindée et de couleur rouge et blanche, s'avance vers vous.

"Salut", ai-je dit.

"Salutations", a-t-il répondu, un pistolet rouillé sur l'épaule. Il mesurait environ 1,80 m et était bâti comme un culturiste, mais il arborait un sourire facile sous sa moustache en forme de guidon. Il avait deux chevaux qui tiraient une remorque bricolée remplie d'outils et de pièces diverses.

"Je m'appelle Dave, merci pour le sauvetage, qu'est-ce qui vous amène par ici ?" a-t-il dit.

"Je suis la force. Soldat du Canada sous les ordres du général Zai. Ma mission est de reprendre cette terre aux bandits et de sécuriser l'eau pour mon peuple par tous les moyens nécessaires."

Dave a regardé les cadavres des bandits puis s'est retourné vers moi comme si j'étais une sorte d'anomalie.

"Je vois ça. Vous savez, je n'arrive pas à savoir qui est là-dessous à cause de la modulation de votre voix. Vous êtes un homme ou une femme ?"

"Je suis la Force."

". . . Ok, la force, que diriez-vous d'une alliance temporaire. Tu nous gardes en sécurité et je t'aide à naviguer dans la ville de Ravagok. C'est le nom que les bandits donnent à Toronto."

"Marché conclu."

Nous avons marché pendant une bonne vingtaine de minutes jusqu'à ce que nous arrivions à une porte en bois géante. Des cadavres sur des piques bordaient le bord de la route. La plupart d'entre eux étaient des femmes dont le corps avait été exposé avant la mort.

"Des prostituées", explique Dave avec tristesse. "L'Overboss Graveburn accueille des femmes jusqu'à ce qu'elles l'irritent et que ça arrive". Je suis resté silencieux mais sous mon casque, je me sentais enragé.

"Dans ce monde, soit vous êtes utile, soit vous êtes de la viande", a terminé Dave en frappant à la porte géante.

"Qui est-ce ?" a lancé une voix graveleuse.

"Dave Johnson, avec un invité."

"Oh ! Dave, bon retour parmi nous, mon pote. Le fait que tu répares le CVC du patron le met de très bonne humeur, tu sais !"

"Heureux de l'entendre, Jenkins."

Jenkins a grogné en poussant la porte géante. Quand ses yeux sont tombés sur moi, sa mâchoire s'est décrochée et il a sorti un Glock sale.

"Mais qu'est-ce que vous êtes ?" s'est-il exclamé.

"Je suis Force", ai-je dit stoïquement.

"Baisse ton arme, Jenkins, ils sont là pour voir le patron", dit Dave en souriant de son sourire facile.

"Comme l'enfer, ils sont clairement un guerrier ; s'ils vont quelque part, c'est vers les fosses !"

"C'est quoi les puits ?" J'ai demandé.

"Une arène de combat créée par le dernier épisode d'inondation. Un sol boueux, le dernier homme debout. Le gagnant obtient une audience avec le patron", a expliqué Dave.

"Doucement", ai-je dit.

"Alors c'est réglé, suivez-moi."

Nous avons suivi Jenkins dans les profondeurs de la ville, passant devant des hordes de gens sales qui me regardaient avec un mélange de crainte et de peur. Des gratte-ciels délabrés bordaient les rues boueuses. De vieilles voitures étaient éparpillées autour des bâtiments, leur carburant étant épuisé depuis longtemps. La plupart des bâtiments sont dans un état de délabrement ou de dégâts des eaux, mais plus nous nous rapprochons de ce que je suppose être le centre de la ville, plus les choses commencent à être vivantes. Des gorilles armés bien nourris accostaient des escortes maquillées faisant de la publicité pour leurs corps dans les rues secondaires et les ruelles. Les enfants jouaient ouvertement dans les rues, sans se soucier des armes à feu et de l'activité des adultes. Je me sentais mal à l'aise car je n'avais jamais vu mes camarades stagiaires nus, et les généraux étaient toujours habillés correctement, sans jamais porter d'armes. La débauche affichée ici n'était pas digne d'une ville canadienne. Les enfants méritaient d'être en formation, tenus à l'écart de la populace jusqu'au jour du procès... bien que je suppose que les procès n'avaient pas lieu ici, sauf dans les fosses elles-mêmes.

Chapitre 2 - Les Fosses

Peut-être vingt minutes plus tard, nous avons atteint un panneau qui disait : The Pits. Ce serait ma deuxième épreuve, et ma seule chance de négocier de l'eau. J'espérais ne pas avoir à tuer beaucoup de gens pour l'obtenir, mais les généraux comptaient sur moi, alors je ferais ce qui devait être fait.

"Dave, mon pote, tu peux venir réparer mon frigo aujourd'hui ?" grogne un homme corpulent.

"Bien sûr, Bruiser, juste après avoir inscrit mon ami ici présent pour un tour dans les stands."

"Nom ?"

"La force."

"Sérieusement ?"

"Tu t'appelles Bruiser..."

"Juste. Bien, tu t'es engagé. Pas de règles, entrez, tuez, sortez vivant. C'est simple. On se voit dans les stands demain."

Le jour suivant

Mon corps me faisait furieusement mal. Vivre dans l'armure n'était pas idéal, même avec mon body en gel. Bien qu'il faille admettre qu'être blindé me donnait un sentiment de confiance, d'imperméabilité même. Je suppose que j'allais découvrir à quel point c'était vrai bien assez tôt.

"Bonjour !" dit Dave, qui m'a rencontré dans son salon. Dave vivait dans le penthouse d'un des rares gratte-ciel en bon état, un avantage d'être le gars que le patron appelle pour réparer des trucs.

"Pourquoi tu m'as laissé rester ici ?" J'ai demandé.

"Je me suis dit que tu n'avais nulle part où aller. Et si tu voulais me faire du mal, tu ne m'aurais pas sauvé de ces bandits hier. N'y pense pas trop." Il a souri de son sourire facile. Je me suis détendu, puis j'ai entrepris de vérifier mon matériel. Une fois cela fait, nous sommes retournés à l'entrée des stands, où Bruiser attendait avec un sourire inquiétant.

"Dernière chance de faire marche arrière", a-t-il dit.

"Je me bats", ai-je répondu.

"Qu'il en soit ainsi."

Sur ce, les portes ont été ouvertes par les hommes de main de Bruiser. A l'intérieur, c'était le chaos total : des bâtiments détruits, des cadavres, et des gens qui se promenaient avec leurs armes dégainées les uns contre les autres. J'avais entendu des coups de feu toute la nuit depuis l'appartement de Dave, alors la présence d'un groupe de cadavres ne m'a pas vraiment choqué. Mais j'ai été surpris par le nombre d'hommes, de femmes et même d'enfants encore debout. Fait troublant, tous les enfants étaient armés. Pour leur bien, j'ai dégainé mon fusil pour essayer d'avoir l'air intimidant avant de prendre la parole. "Retirez-vous tous maintenant et je vous laisserai vivre !" J'ai crié.

Des huées et des rires ont envahi la rue boueuse. Par-dessus les rires, un porte-voix a retenti. "Tuez le fantaisiste et apportez-moi cette armure. Tous ceux qui n'essaieront pas seront exécutés", a hurlé une voix grave.

Je me suis dit que ça devait être Graveburn. Je voyais au loin une lumière provenant d'un gratte-ciel immaculé, équipé d'un système de sonorisation. Si je survivais, c'est là que j'irais ensuite. À mon grand désarroi, personne n'a battu en retraite, en fait, Bruiser a laissé entrer plus de gens, y compris lui-même.

"Bien", j'ai marmonné et ouvert le feu. J'avais 117 balles... 105 . . . 93 . . . 81 . . . J'ai tenu bon pendant que mon fusil chantait 69. Puis mon fusil s'est enrayé, alors j'ai sorti mon épée. J'ai été attaqué de tous les côtés par des hommes, des femmes et des enfants avec un assortiment d'armes. Chaque coup qu'ils tiraient résonnait sur mon armure comme si ce n'était rien. Tout le temps que je suis resté là, j'ai eu peur que les enfants soient pris dans les tirs croisés ou touchés par un tir dévié qui m'était destiné. J'ai abattu trois hommes. Par inadvertance, je me suis retrouvé à l'épicentre d'un cercle de cadavres. Quelques bandits ont reculé momentanément, alors j'ai habilement dégagé le blocage de mon fusil d'un mouvement fluide, rengainé mon épée, et repris le tir sur la foule d'adultes qui grandissait de façon inquiétante. 57 . . . 45 . . . 33 . . . 21. Un autre blocage. Je me suis demandé combien de personnes il y avait dans cette ville de merde. J'ai résolu le problème avec moins de deux chargeurs restants. Calmement, j'ai recommencé à compter jusqu'à ce que le clic de mon fusil chante zéro. Mais il y en avait encore plus.

J'ai dégainé mon épée d'une main en lâchant mon fusil et en sautant par-dessus le tas de cadavres le moins profond. Les enfants hurlants que j'avais ignorés jusque là et que j'avais laissé m'attaquer, ont insisté pour me suivre. Ainsi, entre les coups de couteau et les découpes d'adultes terrifiés, j'ai systématiquement désarmé tous les enfants que je pouvais atteindre et dépensé toutes les munitions qu'ils avaient sur ceux que je ne pouvais que supposer être leurs parents. Le fait de compter le nombre de victimes me permettait de rester concentré et me distrayait de l'anxiété croissante que je ressentais. Je me suis demandé si l'eau en valait la peine ; ces gens ne pouvaient même pas me blesser. C'était un décalage tragique. Le nombre d'ennemis a commencé à diminuer alors que je tailladais ce qui restait. Mon armure rouge et blanche immaculée était éclaboussée de sang et de boue par toutes les manœuvres de combat et les morts que j'avais infligées.

Après que d'innombrables personnes désespérées aient été tuées par ma main, j'ai décidé que ça suffisait. Je devais pousser jusqu'à la tour et tuer l'Overboss moi-même. Les gémissements des enfants en pleurs me poursuivaient alors que je fonçais vers la tour. Je devais faire en sorte que tout cela compte. En entrant dans la tour de l'Overboss, j'ai rencontré une forte résistance. Alors, étage par étage, j'ai prévenu, négocié et tué pour gravir les échelons. Ma conscience était de plus en plus lourde ; je ne pensais qu'aux enfants effrayés et en pleurs que je laissais dans la poussière. Mais toute tentative de dissuader mes ennemis de connaître une fin prématurée tombait dans des oreilles terrifiées et sourdes. Finalement, je me suis remis à compter en silence jusqu'à ce que, après vingt étages, je trouve le penthouse et défonce la porte sans effort.

Overboss Graveburn était assis sur un trône fait de bois et d'un siège de voiture. J'étais gêné par le fait qu'il était assis seul, souriant.

"Vous êtes bon. Tu te joins à moi ?"

"Vous auriez dû demander ça avant de déverser vos gens effrayés sur moi." J'ai marché vers lui, furieux.

"Qu'est-ce que tu fais ? !", a-t-il dit en tremblant.

"Finir ce combat". J'ai enfoncé mon épée dans son cou, puis je l'ai décapité avec désinvolture. Alors que je redescendais dans le bâtiment, portant la tête de Graveburn, les cris d'enfants dans mon esprit se sont un peu calmés. Une notification sur ma visière m'a averti qu'il me restait un mois de charge. J'avais brûlé deux mois de carburant en un seul combat. Je commençais à transpirer nerveusement ; et si je ne trouvais pas d'eau ? Chassant cette pensée de mon esprit, j'ai refait surface dans les fosses et j'ai contourné avec précaution tous les cadavres frais. Je me sentais horrible. Des pensées de regret et de doute tourbillonnaient dans mon esprit. Est-ce que tout cela avait de l'importance ?

J'ai compté vingt enfants qui me regardaient tous avec un mélange de peur, de crainte et de haine. Puis j'ai vu Dave qui trottinait tranquillement dans les stands.

"Tu es là pour te battre ?" Je t'ai prévenu.

"Dieu non, je suis ici pour féliciter notre nouvel Overboss, la Force."

J'ai fait la grimace. "Je ne veux pas être Overboss, je suis un soldat."

"Tu n'as pas le choix, mon pote. Tu as renversé le roi et tu es donc devenu roi. C'est simple."

À la vue de tous les survivants, j'ai soulevé la tête de Graveburn et l'ai jetée dans les fosses. "Vous êtes tous libérés de la peur. Plus personne ne vous ordonnera de vous battre ou de mourir. Continuez à vivre !" J'ai ordonné. Je ne sais pas si je m'attendais à des acclamations ou à de l'adulation, mais la plupart des gens se sont contentés de me fixer.

Soudain, quelqu'un a crié "All hail Overboss 200 !" et les gens se sont mis à applaudir. Des hommes et des femmes se sont précipités sur moi, s'exposant pour tenter de gagner des faveurs.

"Assez !" J'ai ordonné. "Je n'ai aucun intérêt pour la sexualité ou pour être Overboss... et pourquoi 200 ?"

"Pour commémorer les plus de 200 que vous avez tués aujourd'hui !" a dit l'homme. Ça m'a fait me demander ce que Graveburn a fait pour mériter son nom.

"Dave, tu es mon commandant en second à partir de maintenant. Où puis-je trouver de l'eau ?" J'ai demandé.

"Suivez-moi", a dit Dave, et ensemble nous avons quitté les stands. Je n'étais pas impatient de revenir. Une horde d'enfants abandonnés et orphelins nous poursuivait.

"Rentre chez toi", j'ai ordonné.

"Nous n'avons pas de maison grâce à vous. ..." a dit un garçon en me lançant un regard noir. J'ai regardé Dave, qui a haussé les épaules.

"J'ai une idée ; viens avec moi. Nous aurons de l'eau plus tard", ai-je dit.

J'ai conduit mon groupe jusqu'au chariot de Dave. Sans instruction, il a dégagé le chariot et fait monter les enfants.

Une fois cela fait, nous avons commencé le voyage d'environ vingt minutes vers mon ancienne maison. Quand nous sommes arrivés, la porte du coffre était fermée. J'ai fait signe à la caméra de sécurité. Quelques instants plus tard, la porte s'est ouverte en grinçant, révélant un Général Zai souriant.

"Monsieur, j'ai pris une base ennemie avec un accès à l'eau. Je vous demande d'accueillir ces enfants et de les préparer aux épreuves", ai-je rapporté calmement, les mains derrière le dos.

"Bon travail, la Force. J'accepte volontiers de nouvelles recrues, mais notre purificateur d'eau ne va pas apprécier la pression.... Je suppose que cela n'aura plus d'importance très longtemps." Il s'est tourné de moi vers les enfants dans le chariot de Dave.

"Aujourd'hui, vous n'êtes personne. Tu t'appelleras *Toi là* jusqu'à ce que tu passes les épreuves. Je suis le Général Zai, votre nouveau père. Vous m'obéirez sans réserve ou vous mourrez. Des questions ?" Personne n'a parlé, soit par peur, soit par dépit. J'ai vu dans le regard d'un garçon qu'il serait difficile à entraîner.Une fois que les enfants ont été conduits dans ma maison, le Général Zai s'est tourné vers moi.

"Force, vos ordres sont de tenir votre nouvelle position et de construire une force de combat pour vous étendre vers l'extérieur. Aussi, je veux que des cargaisons d'eau soient amenées ici chaque semaine." J'ai regardé Dave et il a hoché la tête.

"Des questions ?" Le général Zai a demandé.

J'ai hoché la tête. "J'ai besoin d'armes."

Avec le Général Zai, j'ai chargé le chariot de Dave avec des fusils et des lames. Après cela, j'ai salué le général, j'ai tourné les talons et nous sommes partis.

"Quelles sont les épreuves ?" Dave a demandé.

"Un processus par lequel un enfant devient un soldat", ai-je dit avec désinvolture.

"C'est sûr ?"

"Non, du dernier lot, j'étais le seul survivant...".

"Tu es sûr que c'est une bonne idée pour ces enfants alors ? !"

"C'est tout ce que je sais... Avec ça, ils ont une chance, sinon, ils seraient morts orphelins. C'est le mieux que je puisse faire pour eux."

Dave n'avait pas l'air convaincu, mais il a juste haussé les épaules et s'est lancé dans une chanson aléatoire sur ses chevaux. Je n'écoutais pas.

Quand nous sommes rentrés à Ravagok, j'ai dû traverser une foule de gens qui m'appelaient 200 et se jetaient sur moi. Dave m'a aidé à obtenir de l'eau pour ma combinaison, puis nous nous sommes concentrés sur l'introduction des armes dans mon nouveau gratte-ciel.

"C'est quoi la suite, patron ?" Dave a demandé.

"Maintenant, nous brûlons les morts."

Dave a gloussé. "Tu es sûr que tu ne veux pas les déshabiller et les mettre sur des piques ?"

Je l'ai juste regardé fixement sous mon casque. Le silence en disait assez.

"Bonne idée, je vais chercher du bois sec."

On a commencé à construire un énorme bûcher, puis on y a mis tous les corps. Dave m'a regardé, j'ai hoché la tête, et il a jeté l'allumette. Un peu plus tard, l'air était rempli d'une fumée âcre. Je ne pouvais rien sentir, mais j'ai re-gardé Dave, et il pleurait.

"Tu vas bien ?" J'ai demandé.

"Certains d'entre eux étaient mes amis..." Dave a dit.

"Je suis désolé."

"Tu les as peut-être tués, mais ce n'était pas ta faute. C'est ce salaud de Graveburn qui a causé ça. Et maintenant il est mort, alors la vengeance ne sert à rien !"

"Gardez votre énergie. Tu en auras besoin pour l'entraînement."

"Vous avez donné votre parole au peuple qu'il serait en sécurité ; plus de guerre forcée !"

"Je l'ai fait. Et je le pensais. Seuls les volontaires seront formés et l'eau leur sera garantie. J'ai l'ordre d'étendre notre portée."

"L'étendre à où exactement ?"

"Je dois reprendre le Canada pour les généraux."

"Ils attendent d'une personne qu'elle réunisse un pays ? Une mission suicide ?"

"Pas tant que je peux garder mon armure remplie d'eau."

"Et alors, si tu es pratiquement à l'épreuve des balles, une seule personne ne peut pas supporter toute cette mort !".

"Je peux." Je l'ai dit avec assurance, mais je me suis demandé s'il avait raison.

Chapitre 3 - Toute Cette Mort Et Plus Encore

"Quels sont vos hobbies, patron ?" Dave m'a soudainement demandé.

"Quoi ?" J'ai répondu.

"Quels sont vos hobbies ? Vous devez aimer faire quelque chose."

"La guerre."

"Et ?"

"La guerre."

"Tu te moques de moi."

"Négatif. J'ai été élevé pour la guerre ; je vis pour la guerre."

"Encore une fois, je dois demander : vous pensez que c'est une bonne vie pour ces enfants ? ! Sérieusement ?"

"Oui. C'est leur meilleure chance de vivre dans ce monde. Ils étaient déjà élevés pour le combat, cela va simplement les renforcer et les préparer au succès."

"Tu es fou", a grommelé Dave.

J'étais irrité. "Et ? Quels sont vos hobbies ?"

"Je chante."

"J'ai remarqué, et comment cela vous prépare-t-il à la survie dans ce monde ? !"

"Ce n'est pas..."

"Il est donc inutile de se préoccuper des hobbies. Comme vous l'avez dit : on est utile ou c'est de la viande."

Dave avait l'air triste. "Vous avez tort. Une personne a besoin d'une chose qui lui apporte de la joie, surtout dans ce monde."

Même si Dave mesurait 1,80 m et était bâti comme un culturiste, à ce moment-là, il semblait avoir l'innocence d'un enfant. Il a remarqué que je l'ignorais alors que nous nous dirigions vers les stands, alors il s'est lancé dans une chanson sur les chiots et la paix ou quelque chose comme ça. Je n'écoutais pas. Tout ce à quoi je pouvais penser était la haine dans les yeux de ce garçon. Trouverait-il la joie de Dave en tant que soldat ? Ce n'était pas à moi de poser la question. Le général Zai ferait de chacun de ces enfants de grands guerriers, des guerriers dont nous aurions besoin pour les combats à venir. J'avais fait ce qu'il fallait. Dave avait tort.

Une fois qu'on a atteint les fosses, Dave m'a tendu un porte-voix. "Peuple de Ravagok, je suis la Force. Je cherche une armée pour avancer à travers Toronto et la reprendre comme un grand centre du Canada ! Tous les volontaires s'entraîneront sous mes ordres et seront assurés d'avoir de l'eau. Cependant, je vous ai promis la paix, donc personne ne sera enrôlé. Je le répète : le service est entièrement volontaire, armes et eau garanties pendant l'entraînement et le service. Si personne ne se porte volontaire, je le ferai moi-même." J'ai baissé mon porte-voix et j'ai attendu. Les gens s'agitaient autour de moi, vaquant à leurs occupations avec la peur dans les yeux quand ils regardaient dans ma direction. Après vingt minutes, personne ne s'était porté volontaire. Seuls les imbéciles espérant obtenir des faveurs osaient s'approcher. Je les ai tous écartés. La viande n'était d'aucune utilité, j'avais besoin de l'utile.

"Le meurtrier de masse Overboss 200 prêche la paix ? ! Vous nous croyez assez stupides ou fous pour être patriotes d'un pays mort ? Le gouvernement canadien nous a tous abandonnés pour se cacher sous terre avec l'élite riche. Avez-vous oublié ça ? !" a crié un grand homme blond. J'étais choqué par sa bravoure à me faire face et par ce qu'il a dit.

"On m'a peu appris sur le monde de la surface... Mais tu te trompes, le gouvernement ne t'a pas abandonné. En ce moment même, les généraux en forment d'autres pour être comme moi, pour être forts, pour être prêts à civiliser la surface !" J'ai dit avec force.

" Ah oui, les vingt enfants que vous avez enlevés après avoir assassiné leurs familles ! Nul doute qu'ils subissent un lavage de cerveau pour devenir aussi bêtes que vous ! J'emmerde ton armée, fais-le toi-même !" L'homme m'a fait un doigt d'honneur puis s'est éloigné ; une cohorte de semblables nerveux l'a suivi à sa place.

Dave a gloussé anxieusement. "Eh bien, on dirait que vous vous êtes fait une armée, une qui se dresse contre vous. Regarde, il a même pris tes armes."

"Ne vous inquiétez pas. J'ai toutes les balles perforantes", ai-je dit en montrant du doigt mon fusil récupéré et quelque peu boueux. "La démocratie est, comme toujours, construite sur le désaccord. Dis-moi, vas-tu me laisser te former, ou préfères-tu rester le meilleur ami de tout le monde, M. Bricoleur ?" J'ai demandé sérieusement.

Dave a râlé. "Bien, entraîne-moi. Ça ne peut pas faire de mal d'avoir plus de compétences."

Un mois plus tard

Dave a chanté, tiré et tranché tout au long de ma formation rigoureuse, devenant très compétent avec son nouveau fusil. J'ai failli lui casser le poignet lors d'un entraînement CQC. Mon armure et mes accessoires m'ont rendu super fort, alors je devais faire très attention à ne pas le blesser inutilement. Malheureusement, il était faible en CQC, alors j'ai décidé qu'il serait mon sniper et mon observateur. De cette façon, il restait hors de danger direct la plupart du temps. Grâce aux nombreux contacts de Dave dans la ville, du temps où il était homme à tout faire, nous avons trouvé dix stagiaires : quatre hommes et six femmes, et juste assez d'armes pour les armer. Pour l'essentiel, je leur ai fait faire des exercices de tir génériques, car la plupart d'entre eux, surtout les femmes pour une raison quelconque, étaient des bagarreurs expérimentés. Dave a mentionné avec désinvolture qu'ils devaient être durs de nos jours pour éviter d'être agressés.

Notre unité allait essuyer des tirs bien plus tôt que Dave ou moi l'avions espéré, grâce à l'approche inopportune de l'homme blond qui m'avait accosté un mois auparavant. Il s'est approché avec une bande de quinze personnes, toutes armées de mes pistolets.

"200, nous sommes venus pour ta tête ! Ton règne est terminé, kidnappeur d'enfants !"

J'ai levé la main pour arrêter mon peuple. "Si vous voulez vous battre pour ma position, nous le faisons ici même, un contre un. Sachez ceci de toute façon : les enfants sont bien pris en charge et vivent dans un bunker à seulement vingt minutes d'ici, au cas où il resterait des membres de leur famille."

L'homme a commencé à me tirer dessus, alors je l'ai chargé les mains vides pour éloigner les tirs errants de mes hommes. J'ai attrapé son fusil, l'ai arraché de ses mains, et j'ai habilement frappé la crosse sur l'arête de son nez, l'assommant d'un seul coup.

Toujours en me regardant fixement, ses cohortes ont lâché mes armes en signe de reddition, que l'équipe de Dave a ramassé sans problème.

"Patron, vous êtes sûr que c'est sage de le laisser vivre, sachant que vous êtes chez vous ?" Dave a demandé.

"Cela peut sembler peu judicieux en apparence, mais si les généraux sentent une menace, ils ont des armures comme la mienne. Eux, ainsi que les enfants, seront en sécurité. De cette façon, quand il se réveillera, nous pourrons tenter une approche plus diplomatique. Je voudrais éviter d'ajouter à mon compte de corps aujourd'hui si possible. Je suis fatigué d'entendre des cris de douleur dans mon sommeil", ai-je dit tristement. Dave m'a jeté un regard curieux mais ne m'a pas poussé ; son regard trahissait un soupçon de compréhension. Lorsque le blond s'est enfin réveillé, je lui ai fait face.

"Nom ?" J'ai demandé.

"Steven", a-t-il dit.

"Très bien, Steven, notre conflit s'arrête ici. N'hésitez pas à aller voir les enfants si vous êtes inquiet." Avec cela, je suis parti, et Dave a suivi.

"Et maintenant, patron ?" Dave a demandé.

J'ai brandi mon épée. "La ville est à vous ; maintenant je vais reprendre cette province", ai-je dit en m'éloignant.

Dix-huit ans plus tard

J'ai tiré, poignardé, discuté et frappé dans toutes les villes, affrontant les adversaires les plus forts pour assurer ma position d'Overboss, pour ensuite repartir et tout recommencer. J'avais bien fait d'arroser mon costume pour que personne ne puisse vraiment me toucher. C'était trop répétitif pour que je m'y attarde, tout comme mes cauchemars récurrents... ... tellement de cadavres que j'en ai perdu le compte. L'un après l'autre, leurs cris emplissaient mes rêves, leurs âmes vengeresses me hantaient et menaçaient de me déchirer aux coutures. Je n'avais plus de munitions depuis longtemps. La plupart de mes flèches étaient tellement émoussées qu'elles étaient inutiles, et mon épée menaçait de se briser à chaque coup brutal. Finalement, je suis arrivé au Parlement de Québec. Les rues étaient sombres et pleines de cadavres.

Les gens s'agitaient autour de moi, excités, comme si j'étais une sorte d'attraction vedette, ignorant les détritus qui nous entouraient. Beaucoup toussaient et vomissaient comme si la peste les avait frappés, car c'était le cas : la variante zeta covid était toujours là. Une des nombreuses raisons pour lesquelles le général Zai m'a conseillé de ne pas retirer mon armure à tout prix. Le gouvernement canadien n'avait pas réussi à se procurer des vaccins à temps, et les variantes avaient donc muté rapidement chez les personnes ayant reçu le vaccin. S'il restait encore un gouvernement ici, j'espérais qu'il travaillait encore sur le covid, les tiques du Nil occidental et les rues du chaos. Mais ici, je me tenais seul au lieu de faire partie d'une armée comme j'ai été élevé pour le faire. Soldat d'infortune, je marchais seul. Le bâtiment du Parlement se tenait - un monolithe sinistrement silencieux d'un temps révolu. Pas une seule lumière ne brillait dans une seule de ses fenêtres. Un drapeau canadien en lambeaux flottait fièrement au vent, projetant une ombre sur mon armure rayée et colorée à son image.

En voyant les véhicules militaires abandonnés et l'état de la capitale nationale, j'ai douté de moi-même. Je ne pouvais pas dire si tout le sang que j'avais versé au nom du drapeau de mes généraux avait servi à quelque chose. Peut-il vraiment y avoir un pays si l'on doit tuer des hordes de ses habitants pour le reprendre ? Je suppose qu'il est trop tard pour arrêter maintenant. J'avais laissé derrière moi tous mes alliés faciles, l'un après l'autre, en charge des champs de bataille dans lesquels j'avais transformé les villes et les villages du Canada. Cependant, alors que je m'approchais du Parlement, flanqué de personnes implorant mon attention pour que je me batte pour elles, que je leur apporte de l'eau, m'encourageant avec facétie ou autre, je ne pouvais m'empêcher de penser que cette guerre n'était pas de ma faute. La guerre ne change jamais et les soldats ne cessent jamais de se battre, que ce soit sur un champ de bataille ou dans un monde créé par leur esprit torturé. Tout le monde veut un leader parfois. J'étais là, espérant qu'un leader avait encore un vestige de contrôle, ne serait-ce que pour que ce combat en vaille la peine.

J'ai cherché le Parlement pendant des heures avec ma nouvelle cohorte de traînards, sans succès. Je me suis effondré sur mes genoux, en pleurant. Rien de tout cela n'avait eu d'importance, après tout. Le gouvernement nous avait vraiment abandonnés dans la clandestinité. D'où le général Zai tenait-il ses ordres, ou avait-il tout inventé pour nous structurer ? Dépité, j'ai aidé mes nouveaux amis à se procurer de l'eau, j'ai même livré quelques combats pour me défouler, puis j'ai réalisé ce que je devais faire ensuite : Il était temps de rentrer à la maison.

Chapitre 4 - Guerriers Stockés Dans Une Chambre Forte

Quelques jours plus tard, j'étais de retour à Toronto/Ravagok. Après avoir harcelé quelques timides habitants, j'ai appris que Dave travaillait sur la cuisinière de quelqu'un en ville. M. Répare-tout a encore frappé. Malgré tout, quand je l'ai enfin vu, j'ai souri. Bien sûr, il ne pouvait pas le voir à travers mon casque, alors j'ai simplement salué.

"Salut, patron, comment ça va ?" dit-il en souriant de son sourire facile et charmant.

"La capitale est tombée depuis longtemps. Chaque ville est le même mélange de désespoir, de détritus, de mort et de misère. Je suis une machine de guerre abandonnée pour une usine législative silencieuse", ai-je dit tristement.

Dave est devenu sérieux. "Et combien ça vous a coûté ?"

"Tout."

"C'est faux, tu es toujours en vie."

"Pour quoi ? !"

"Pour continuer à se battre. Et si l'ancien gouvernement n'existe plus, nous sommes toujours là. Vous avez libéré tant de gens, construit des mini gouvernements comme celui que je dirige humblement ici. Ça compte, tout ça, j'en suis sûr."

"J'espère que vous avez raison. Des centaines ne sont pas d'accord quand je ferme les yeux pour dormir."

"Pardonnez la rage que nous imaginons pour les morts, c'est la seule façon d'avancer", a suggéré Dave.

"Quelle sagesse, M. Overboss", ai-je dit en plaisantant.

"Pourquoi, merci, camarade Overboss."

"Alors quoi maintenant ?"

"Maintenant je rentre à la maison. J'ai besoin de réponses que seul le Général Zai peut fournir. A partir de là, qui sait ?"

"Ça te dérange si je t'accompagne ?"

"Tu n'es pas assez occupé ici ?"

"Bien sûr, mais j'ai l'impression que tu as besoin de moi, même si tu ne peux pas le dire", dit Dave en souriant et en essuyant la sueur de son front.

"Merci, prenez votre fusil, on y va !" J'ai ordonné.

Ensemble, nous avons marché en silence jusqu'à ma maison, un endroit que je n'avais pas vu depuis des années. Je me demandais comment allaient les enfants que j'avais laissés au général Zai et au général James. Dix-huit longues et sanglantes années s'étaient écoulées ; sans doute leurs épreuves étaient-elles à venir. Je me sentais fatigué et j'appréhendais. Certains d'entre eux survivraient-ils ? Se souviendraient-ils de moi, et si oui, me favoriseraient-ils ou m'injurieraient-ils ?

Vingt minutes plus tard, Dave et moi étions devant la porte de ma maison, qui ressemblait à un caveau. Alors qu'elle s'ouvrait lentement, je me sentais anxieuse, comme une enfant coupable. J'avais échoué dans ma mission, techniquement parlant, car une grande partie du Canada rural restait sous le contrôle des bandits. Le général Zai m'a accueilli en armure noire avec deux individus en armure que je n'ai pas reconnus, mais j'ai reconnu leur armure vert camo. Il s'agissait de nouveaux soldats.

"Force, puis-je vous présenter Compassion et Intégrité, les seuls survivants des vingt enfants que vous nous avez amenés il y a si longtemps." Je salue le général et suis salué à mon tour par les nouveaux soldats, ce qui est gênant.

"Monsieur, j'ai un rapport", ai-je dit.

"Allez-y, Force", a répondu le général Zai.

"J'ai éliminé les chefs ennemis de toutes les grandes villes, ne laissant que des résistances rurales. A leur place, j'ai installé des locaux favorables à notre cause, comme Dave ici présent. Malheureusement, la capitale a disparu. Laissée pour la fin, je crains d'être arrivé trop tard. S'il y avait encore des membres du gouvernement, ils sont partis depuis longtemps."

"Compris. Ne vous inquiétez pas trop au sujet des forces rurales. Je chargerai Intégrité de régler ça une fois que nous serons à la capitale."

"Monsieur, si je peux me permettre, où est le général James ?"

"Mort. Il est mort lors d'un accident d'entraînement il y a dix ans."

"Je suis désolé d'entendre ça ; c'était un homme bon et un meilleur professeur."

"En effet, nous avons essayé de vous contacter mais Dave a mentionné lors d'une de ses livraisons d'eau hebdomadaires que vous aviez quitté Toronto depuis longtemps. Finalement, j'ai décidé de ne pas donner suite à cette affaire pour ne pas vous distraire de votre mission."

Je me suis senti dévasté ; non seulement le général James était mort, mais dix-huit des vingt enfants que j'avais espéré sauver l'étaient aussi. Est-ce que deux personnes sauvées suffisaient à compenser les centaines de morts ? Je ne pouvais que l'espérer.

"A part vous, monsieur, d'où viennent nos ordres ?" J'ai demandé en sachant très bien que les bâtiments du gouvernement abritaient des squatters maintenant.

Le général Zai a considéré ma question pendant un moment puis a dit : "Suivez-moi."

Le Général Zai menait, flanqué de Compassion et Intégrité, Dave et moi fermions la marche. Nous sommes passés devant le purificateur d'eau cassé depuis longtemps, la salle verte florissante, les quartiers d'habitation, et l'armurerie maintenant stérile jusqu'à la partie la plus interdite de ma maison : les quartiers du général. Une fois à l'intérieur, nous avons été confrontés à une série de moniteurs montrant des flux de drones, des quartiers d'habitation spartiates, et une zone sombre scellée par une porte de séparation.

En s'approchant, un laser a jailli de la porte de la cloison, balayant les yeux du général Zai, puis elle s'est ouverte en grognant. J'ai été choqué par ce qu'il y avait à l'intérieur : une catacombe géante remplie de tuyaux et de machines, tous réunis autour de ce qui ressemblait à une table de guerre en verre. Projetant de la table était un orbe laser bleu pulsant doucement. Lorsque nous nous sommes approchés, l'orbe a pris un visage vaguement humanoïde et a parlé.

"Bon retour parmi nous, Général Zai."

"Merci, madame", a dit le général Zai.

"Soldats au garde-à-vous ! Cette IA représente votre Premier ministre Jill Corkus," ordonna le Général Zai.

Nous avons tous salué, y compris, de façon assez humoristique, un Dave maladroit qui s'est trompé de main. D'après les relevés de ma visière, je pouvais dire que la pièce était extrêmement chaude, probablement à cause de tout le matériel qui nous entourait. Dave ne ferait pas long feu sans armure.

"Repos", dit l'IA PM Corkus.

"Monsieur le Premier ministre, votre force de soldats a fait un travail courageux en reprenant des positions clés dans tout le pays ces dix-huit dernières années. Ils ont demandé à savoir d'où viennent nos ordres, alors je vous les ai apportés", a expliqué le général Zai.

"Une sage décision, Général. Salutations, Force. C'est de moi que vous recevez vos ordres. Le général Zai et mes drones ont bien fait de me tenir au courant de vos exploits ces dernières années. En tant que tel, je répondrai à toutes vos questions," dit le PM Corkus.

J'ai hérissé mon armure d'excitation ; le gouvernement existait bel et bien et son chef avait daigné me parler !

"Honorable Premier ministre, le reste du gouvernement est-il intact quelque part ?" J'ai demandé avec impatience.

"Appelez-moi Jill, Force. Malheureusement, nous sommes tout ce qu'il reste. Zeta covid, West Nile, et les guerres civiles autour des restrictions d'accès ont anéanti la plupart des fonctionnaires tandis que les autres sont des M.I.A. "

J'étais consterné. Mes espoirs de rétablir le gouvernement semblaient anéantis. Néanmoins, j'ai continué à avancer comme on m'a appris à le faire. "Cela étant, quels sont mes ordres, madame ?"

"Vos ordres sont de continuer à faire ce que vous avez fait. Reconquérir notre territoire et réintégrer nos alliés aux postes de commandement. Maintenant vous aurez le Général Zai, la Compassion et l'Intégrité pour vous aider personnellement dans cet effort herculéen. Général Zai, vous devez prendre une position de leader au Parlement pour que les gens aient une figure d'autorité à admirer. C'est tout ce que j'ai à dire, vous êtes tous renvoyés."

Nous avons tous salué et quitté le bunker pour le monde extérieur. Dave était soulagé d'être à l'extérieur, à l'air libre, une fois de plus.

La nuit était tombée, nous avons donc choisi de faire le camp à l'extérieur de ma maison.

"Tu es sûr que tu ne veux pas une armure, Dave ?" Le Général Zai a demandé.

"Je doute que je puisse survivre au processus pour le gagner en me basant sur ce que la Force murmure dans son sommeil", a admis Dave. J'étais gêné, je ne savais pas que je parlais dans mon sommeil.

"Tu aurais dû prendre une nouvelle combinaison, Strength. Celle-là a plus de trous dans son blindage qu'un champ de prunes. Il nous en reste dix", a expliqué le Général Zai.

"Je vais bien, monsieur. Cette combinaison m'a bien servi. De plus, vous aurez besoin des combinaisons pour les futures recrues", ai-je dit.

Le général Zai a ri de bon cœur. "Vous avez raison, vous avez raison." J'ai remarqué que Dave regardait attentivement Integrity ; lorsque je regardais dans leur direction, leur attitude stoïque semblait se hérisser. J'ai mis cela sur le compte du trac de la première mission et j'ai donné un léger coup de coude à Dave.

"Je reviens, je vais chercher des bandits..." Dave a dit, en prenant son fusil en partant. Je ne pouvais pas m'empêcher de penser que quelque chose n'allait pas chez lui. Il n'avait pas l'air d'aimer beaucoup l'Intégrité ou la Compassion.

Le Général Zai a baillé. "Il est temps de se coucher. Intégrité, vous êtes de première garde, Compassion, de seconde."

"Monsieur !" ont-ils dit à l'unisson. Épuisé, je me suis rapidement endormi, me sentant plus en sécurité que jamais.

Quelque temps plus tard, je me suis réveillé avec une alerte d'impact dans ma visière. Il y avait là Integrity avec son fusil pointé droit sur mon visage. Mes muscles se sont tendus, mais Integrity a levé un doigt en signe d'avertissement pour me retenir.

"Integrity, stand do-" Le Général Zai a commencé, mais le bruit d'une balle de calibre 50 perçant le blindage, quittant le fusil de Compassion et frappant sa visière, l'a fait taire prématurément. Froidement, Compassion s'est approché.

"Pourquoi ? !" J'ai demandé avec incrédulité.

Integrity a retiré son casque, révélant une dame blonde aux yeux bleus qui me fixait avec une rage qui m'était familière. Puis ça m'a frappé. C'était les yeux d'un des garçons que j'avais amené au Général Zai.

"C'EST POURQUOI !" cria-t-il en désignant son corps. "D'abord vous avez assassiné toute ma famille, puis vous m'avez laissé seul avec ce dictateur Zai dont les produits chimiques m'ont transformé en ceci !".

"Intégrité, il est parti ; restez à terre et nous pouvons parler..." J'ai commencé.

"Je m'appelle Barnabus, je suis un homme... Un. Homme... J'ai seulement joué le jeu de l'entraînement de ce monstre de Zai parce que je pensais que je serais piégé sous terre avec lui pour toujours ; il ne nous a jamais prévenus de ce que les épreuves feraient... Et puis tu es arrivé hier... C'est là qu'on a réalisé qu'on pouvait agir !" Barnabus gardait son fusil pointé sur ma tête pendant qu'il divaguait. Je suis resté allongé, évaluant ma situation, me demandant qui avait les réflexes les plus rapides.

"Steven est venu il y a quelques années, mais il n'a pas pu convaincre Zai de nous laisser libres sous sa responsabilité. Avant de partir, tout ce qu'il a dit, c'est : "Rappelez-vous qui vous êtes". Et je l'ai fait ; je me suis souvenu de toi dans ta maudite armure aussi. Toute blanche et rouge du sang de mes parents, et d'innombrables autres. J'ai juré que si jamais je te revoyais, je te tuerais !"

Soudain, un coup de feu retentit et Compassion tombe comme une bûche, mais pas avant que leur fusil ne parte dans leur poigne mortelle en tombant. À cet instant, j'ai repoussé le fusil de Barnabus et utilisé mes jambes pour le faire tomber en roulant sur mes pieds. Il a tiré, mais son tir a touché la terre à côté de ma tête. Nous nous sommes engagés dans un CQC désespéré, échangeant des coups brutaux tandis que je gardais son fusil en tête. Finalement, j'ai pris le dessus et j'ai frappé Barnabus en plein dans le nez avec une force plus que suffisante pour l'assommer.

Une fois que la mêlée s'est calmée, j'ai pris une seconde pour respirer. Peut-être que Dave avait raison, j'aurais dû tuer Steven à Toronto ; peut-être que les choses se seraient passées différemment. Dave ! Est-ce qu'il va bien ? Ignorant le Barnabus inconscient, je me suis précipité vers l'endroit d'où provenait le premier tir et j'ai trouvé Dave étendu sur le sol, saignant abondamment d'une blessure à la poitrine. Le dernier tir de Compassion avait atteint sa cible vengeresse.

"Aide. . ." Dave a dit faiblement quand il m'a vu.

Sans mot dire, je l'ai ramassé et mis sur mon épaule, puis je me suis précipité vers le corps du général Zai. Avec les deux corps en main, j'ai utilisé les lettres de créance du général Zai pour ouvrir ma maison, puis je les ai précipités vers la cloison du Premier ministre. J'ai enlevé le casque du général Zai et laissé la porte balayer le seul œil qui lui restait, puis j'ai laissé doucement tomber son corps pour le moment. Je l'incinérerai plus tard ; pour l'instant, je dois espérer que notre Premier ministre IA connaisse un moyen scientifique d'aider Dave.

"Madame, Dave est en train de mourir, aidez-moi, s'il vous plaît", j'ai supplié.

"Salutations, Force, malheureusement je ne peux pas aider son corps mais je peux sauver son esprit." J'ai regardé Dave à mes côtés et il a hoché la tête.

"Posez-le sur ma table de guerre maintenant." J'ai fait ce que le PM m'a demandé aussi vite que possible. Son visage laser bleu s'est dissous en une grille laser, qui a méthodiquement scanné la tête de Dave. J'ai tenu sa main tout au long du processus, sentant sa prise s'affaiblir à chaque seconde qui passait.

"Attends, Dave ! C'est un ordre..." Je me suis exclamé.

"Ne vous inquiétez pas, patron, le Premier ministre s'en occupe", a dit Dave, souriant une dernière fois de son sourire facile. Puis j'ai entendu son dernier souffle quitter ses lèvres et j'ai vu ses yeux devenir vitreux.

Même après toutes les morts que j'ai connues, les événements de cette nuit m'ont laissé insensible.

"Fait", dit le PM.

"Fait quoi ? !" J'ai presque hurlé alors que les larmes menaçaient d'inonder mon casque.

"J'ai construit une IA basée sur les scans du cerveau de Dave. Si tu acceptes, je peux mettre sa puce dans ton casque pour que vous puissiez continuer à partir en mission tous les deux", a-t-elle demandé.

"Faites-le. S'il te plaît", ai-je dit, me rappelant ma place.

"Ce faisant, je vais épuiser mes réserves d'énergie. A partir de maintenant, il n'y aura plus que toi et Dave, qui seront alimentés par ta combinaison... ...", elle a expliqué.

"Compris. Veuillez continuer."

Un bras mécanique est descendu du plafond des catacombes du PM. Il a percé une fente dans mon casque qui avait été précédemment scellée et une puce de circuit vert lumineux a été glissée en place avant que le couvercle ne soit revissé. Une fois cela fait, la tête laser bleue du PM s'est éteinte, me laissant vraisemblablement seul dans l'obscurité.

"Dave ?" J'ai demandé doucement.

"IA David Johnson au rapport, patron !" J'ai vu le visage souriant de Dave en deux dimensions, projeté à l'intérieur de ma visière, à côté des données du système. J'ai pratiquement sauté de joie - il était de retour, en quelque sorte.

"Je suis si heureux, Dave... Je suis désolé, on dirait que tous mes meurtres ont conduit à ta mort..." J'ai dit tristement, en regardant le corps de Dave.

"Ne t'inquiète pas, Force. Tout arrive pour une raison", dit-il d'un ton rassurant. "Maintenant, allons nous occuper de nos affaires."

Je suis sorti des catacombes du PM mort et j'ai ramassé le corps du général Zai et une chaîne de l'armurerie. Quand nous sommes sortis, Barnabus était toujours dans les vapes. Je l'ai donc attaché avec la chaîne et utilisé un couteau de combat pour couper sa réserve d'eau en le poignardant entre son cou et son plastron. Avec ma lente vengeance assurée, j'ai dépouillé le général Zai de son armure et j'ai commencé à construire un bûcher.

Une fois que les flammes ont commencé à danser, j'ai laissé mes larmes couler une fois de plus. Ma figure paternelle était partie, le gouvernement canadien était mort, et sa dernière représentante avait donné sa " vie " pour aider mon seul ami, que j'avais également fait tuer par inadvertance. Il n'y avait plus que nous.

"Pourquoi m'avoir choisi plutôt que le Général ?" Dave a soudainement demandé.

"Le cerveau du général Zai était à moitié détruit par le tir qui l'a tué. Le Premier ministre a expliqué qu'elle ne pouvait aider qu'un cerveau, et vous n'aviez qu'une blessure à la poitrine - le choix s'est fait tout seul," ai-je expliqué.

"Je te suis reconnaissant, tu sais."

"Ok . . ."

"Qu'est-ce qu'on fait maintenant, Dave ?" J'ai demandé, exaspéré.

"Je dis que nous devons retourner au Parlement et installer le nouveau PM."

"Qui ?"

"Toi, la force !"

J'étais incrédule. "Je ne peux pas être Premier ministre, je ne suis qu'un soldat !"

"Même différence de nos jours. Ecoutez, vous avez déjà libéré personnellement la majeure partie du pays et vous avez des alliés d'ici à la frontière américaine, qui vous remercient pour leurs positions. Et le Premier ministre est mort en croyant en vous. Ça doit être vous", a raisonné Dave.

"Je vais y réfléchir", ai-je dit finalement.

Mon casque commençait à s'embuer à cause de mes larmes. Ignorant l'avertissement du général Zai lorsque j'ai quitté la maison, je l'ai enlevé et j'ai tourné la visière vers moi pour que Dave puisse me "voir".

"Wow, vous êtes jolie, Miss Force !" a-t-il dit. J'ai regardé mon reflet dans ma visière rouge, sale, rayée et brillante. J'avais de grands yeux bleus et des cheveux roux flottants.

" Just Strength ", dis-je sévèrement en aérant mon casque, puis en le remettant rapidement en place. Nous avons passé la nuit sur le bûcher du général Zai. J'ai fait le plein d'eau grâce à l'un des approvisionnements précédents de Dave,

puis nous sommes partis pour le Parlement afin de commencer le vrai com
créer un futur gouvernement pacifique à partir de ce monde de merde.

Les Marécages

Chapitre 1 - La Famille

Je jouais à *Dead City 7*, je conduisais ma voiture de sport rouge sang pendant que mes copains fauchaient les piétons. Le bon temps.

"Vache !" a crié mon pote Daveed au micro alors qu'il écrasait une femme noire obèse avec un bus de ville détourné. "1000 points, mec !" s'est-il exclamé joyeusement.

"Cole Sanburg, descends ici !" a demandé ma mère.

J'ai soupiré, dit au revoir à mes amis, et me suis déconnecté. J'ai cligné des yeux, essayant de me débarrasser de la douleur à l'arrière de mon cerveau. En frottant mes yeux rougis, j'ai éteint mon écran, puis j'ai jeté un coup d'œil à ma chambre. C'était une porcherie. Un rideau noir poussiéreux était suspendu au-dessus de ma fenêtre pour empêcher la lumière du soleil de pénétrer. Dans l'obscurité créée par l'absence de lumière de mon écran, je pouvais vaguement distinguer des piles de vêtements sales ainsi que des posters de mes modèles nus préférés sur mes murs.

En me forçant, j'ai tout juste réussi à passer de ma chaise de jeu à mon fauteuil roulant électrique.

J'ai râlé. Les transferts devenaient de plus en plus difficiles. J'ai jeté un coup d'œil à mes poids près de mon lit et leur ai jeté un regard mauvais. *Rien n'y fait,* j'ai pensé. *Les médecins ont dit que l'infirmité motrice cérébrale ne s'aggravait pas, mais ils doivent se tromper.* Réfléchir à mon handicap ne m'a pas aidé, alors j'ai allumé mon fauteuil roulant. Un bip familier provenant du fauteuil a été suivi d'un signe glorieux de réussite : un bras robotisé s'est déployé sous mon accoudoir gauche, puis une matrice lumineuse au bout du bras s'est allumée, révélant la silhouette holographique d'une femme. Il s'agissait d'une rousse bien dotée que j'ai modelée d'après l'un des posters sur mon mur résultant d'un programme que j'ai écrit et qui s'appelle Live Your Lust Always, ou Lyla pour faire court. Mon sourire était plus éclatant que les lumières qui projetaient son image vêtue d'une combinaison en cuir noir.

"Salutations, Cole..." dit-elle d'une voix sensuelle.

"Statut s'il vous plaît", ai-je dit.

"Les batteries sont à 90% avec une autonomie effective de trois jo[...] rythme de consommation. Les fonctions du fauteuil roulant sont bonnes, [...] êtes libre de partir."

J'ai dit "Rompez", et le bras robotique s'est retiré, me laissant seul dans un fauteuil roulant électrique apparemment normal.

J'ai pris l'ascenseur de la maison pour descendre au rez-de-chaussée et j'ai trouvé ma mère debout, les bras croisés. Sous son air renfrogné, elle portait sa tenue de travail habituelle. Je savais qu'une conférence était à venir.

"Eh bien, sur quoi avez-vous travaillé ?" a-t-elle commencé.

"Lyla, et le jeu..." J'ai admis nerveusement.

"Montre-moi."

"LYLA réveillée, code Cole." Quelques instants plus tard, Lyla se tenait sur son bras robotique, souriant à ma mère.

Maman s'est moquée. "Je te donne accès à une technologie d'IA de plusieurs milliards de dollars et tu l'utilises pour faire une... e-salope ? ! Tu te moques de moi ? Et laisse-moi deviner, quand tu ne te pâmes pas devant elle, tu perds ton temps à jouer à des jeux vidéo, c'est ça ?"

"Bon..."

"Cole, Dyptherion Inc. a besoin d'esprits comme le tien concentrés sur autre chose que les hormones et les distractions. On est en guerre, pour l'amour du ciel ! Ou tu as oublié ?"

"Non..."

Maman a soufflé. "Assez de ça, je dois aller travailler. On se voit demain." Avec ça, elle est partie en marchant sur ses talons hauts.

J'ai entendu sa navette spatiale à l'allure trapue décoller. Maman était le PDG de Dyptherion Inc, une entreprise de fournitures médicales autrefois bien connue, devenue fabricant d'armes après la découverte par la NASA de notre nouvelle planète d'origine, Helix-6. La Terre avait été en grande partie abandonnée après que le réchauffement climatique l'ait rendue inhabitable, jusqu'à ce qu'on découvre un nouvel élément poussant dans les marécages qui n'avaient pas encore été pavés. Il s'est avéré que dans le désespoir de la planète pour purifier l'air de la pollution humaine, les marais du monde entier avaient transformé cette pollution en une substance rouge semblable à un gel appelée Dyptherite. C'est maman qui avait découvert cet élément et c'est grâce à son travail que ses propriétés mutagènes et instables ont été révélées, d'abord à des fins médicales,

d'armement - l'humanité n'a jamais appris... ma famille
ıpable.

maman en collaboration avec la NASA, l'humanité s'est
avant que la Terre ne rende complètement l'âme. Nous
ans un manoir post-moderniste en briques blanches au
large de la côte d'Eden city, la capitale d'Helix-6. La planète regorgeait de magnifiques jungles luxuriantes et d'océans cristallins, comme si la forêt amazonienne avait été clonée dans sa prime jeunesse et collée sur une toile vierge. Le week-end, maman et moi avions l'habitude de faire des voyages en navette autour de la planète pour tout voir sous son gigantesque soleil, mais nous avons cessé de le faire ces dernières années, en partie par ennui et par dégoût, certes ironique, pour toute la destruction que l'humanité infligeait déjà à l'environnement naturel. Pendant ce temps, la société de ma mère ravageait les restes de la Terre pour trouver plus de Dyptherite et terraformait les planètes voisines avec de grandes quantités de dioxyde de carbone dans l'espoir dégoûtant que dans les affres de la mort de ces planètes, elles auraient aussi recours à la fabrication de Dyptherite.

Maintenant, à vingt-sept ans et seulement en vie parce que ma mère était assez riche pour m'assurer un billet pour Helix-6, lorsque les personnes âgées et handicapées étaient abandonnées avec celles trop pauvres pour faire de même, je me suis retrouvé chargé d'aider les recherches de sa compagnie. Ce qui m'a conduit, par hasard, à développer Lyla par ennui. Je détestais travailler pour la compagnie de maman ; ils représentaient tout ce que je détestais : le mépris capitaliste pour les ressources naturelles, et le mépris flagrant pour la vie humaine. Grâce aux propriétés miraculeuses de la Dyptherite, les restes de l'humanité ont explosé en termes de progrès technologiques, qu'il s'agisse de voyages spatiaux plus rapides que la lumière, de remèdes contre les maladies, d'armes élémentaires ou, plus récemment, de clonage humain viable. C'est d'ailleurs pour cette dernière raison que Mom avait un mépris assez cruel pour la vie humaine de nos jours ; pourquoi s'inquiéter quand les gens sont théoriquement remplaçables, n'est-ce pas ? Je ne savais pas si je croyais à des concepts métaphysiques comme les âmes, mais voir des clones devenir instables et exploser au bout de sept ans n'était pas très beau à voir - surtout le regard de terreur qu'ils avaient tous avant. Maintenant, d'Helix-6 à la Terre, l'humanité avait développé une nouvelle bassesse : la guerre des entreprises. Dyptherion Inc. était à la pointe du progrès technologique grâce à Mom qui avait découvert l'élément en pre[...] lors d'un voyage d'étude sur Terre, mais cela ne signifiait pas que nous étio[...] sans rivaux.

Torq Industries s'est principalement concentrée sur les applications de combat de la Dyptherite. Elle est à l'origine du système de classification F-S (F, E, D, C, B, A, S), F étant le niveau de dégâts le plus faible et S le plus élevé. Les armes balistiques conventionnelles atteignent généralement le niveau D, alors que les armes classées S ont généralement des effets élémentaires rares dus à la déstabilisation volontaire de la Dyptherite, comme l'électricité ou le feu. Une goutte de Dyptherite pouvait créer 100 armes élémentaires, mais chacune d'entre elles coûtait des millions à l'achat. Cependant, Dyptherion Inc. était une société très riche, plus que n'importe quelle autre société sur Terre, alors maman s'est assurée que nos meilleurs contractants, dont mon père, avaient des armes à feu de classe S. Papa faisait partie des Forces spéciales de la Terre, de la Force opérationnelle interarmées 5 du Canada. Maintenant, il n'était plus qu'une embauche par népotisme pour Dyptherion. Je n'ai jamais eu l'occasion de le voir car son équipe était toujours engagée contre les forces de Torq sur un monde ou un autre. Il m'a beaucoup manqué. Il avait l'habitude de sculpter des bustes de maman et moi dans du bois avec rien d'autre qu'un couteau de poche. Nous en avons encore quelques-uns à la maison. J'espérais qu'il allait bien. Malgré toute notre technologie, une holocassette tous les soirs ne suffisait pas. Il pourrait mourir dans une fusillade demain et je ne pourrais rien y faire. Maman me disait toujours d'arrêter de m'inquiéter, mais bizarrement, les seules fois où je ne m'inquiétais pas, c'était quand je travaillais sur Lyla et elle détestait ça.

J'ai envoyé un SMS à ma Nana pour lui dire bonjour, comme je le faisais tous les jours :

Bonjour, *comment vas-tu ? Pas de nouvelles de papa ces derniers temps et je commence à m'inquiéter pour maman. Elle a toujours été un bourreau de travail, mais depuis que nous avons déménagé à Helix-6, elle semble obsédée. Ça ne l'a jamais dérangée que je joue toute la nuit avant...*

-Morning, *sunshine, I'm good thanks, just camping like crazy. Je m'inquiète aussi pour maman, elle travaille trop. Elle a besoin de se détendre et de laisser faire les choses parfois.*

Juste à ce moment-là, maman est arrivée avec un regard étrange sur son visage.

Nana s'inquiète pour toi, elle dit que tu travailles trop", ai-

Nana, elle est folle. J'ai payé beaucoup d'argent pour lui
camping sur cette planète et l'amener ici ; le moins qu'elle puisse
est de ne pas s'inquiéter. Je m'en occupe !" dit maman avec entêtement.

Maman disait toujours de ne jamais écouter Nana, ce qui nous a toujours
troublés, Nana et moi. Nana n'avait pas été diagnostiquée avec quelque chose
qui suggérait que son jugement était compromis, néanmoins, c'était toujours la
même chose : "N'écoute pas ta Nana". C'est étrange. Je devais tout à ma mère.
Sans elle, les médecins m'auraient déclaré légume et m'auraient fait piquer. Ils
ont insisté sur le fait que je ne serais jamais capable de faire quoi que ce soit et
que je serais un moins que rien en fauteuil roulant. Mais maman m'a appris à
marcher avec un déambulateur et m'a fait apprendre à écrire ; en fait, elle s'est
battue pour tout m'apprendre en montant des montagnes. Aujourd'hui, notre
relation était tendue. Il m'a fallu de nombreuses années, mais j'ai finalement
réalisé qu'elle n'était pas parfaite.

Ma mère était vraiment obsédée par le travail, mais plus que ça, elle écoutait
très mal. Elle vous écoutait jusqu'à ce qu'elle ait une idée de ce qu'il fallait faire,
puis elle s'y mettait, que ce soit ce que vous vouliez *vraiment* ou ce qu'elle voulait
pour vous. Une fois qu'elle avait une idée en tête, elle était inarrêtable. J'avais
vraiment beaucoup de respect pour elle, même si sa détermination l'a amenée
à être le fer de lance d'une guerre désespérée alors qu'elle n'était même pas un
soldat. Je suppose que je craignais juste qu'elle soit finalement dépassée. Au regard étrange qu'elle arborait, je me suis demandé si elle s'en rendait compte aussi. Après m'avoir fixé un moment comme si elle ne savait pas quoi dire, elle a
commencé.

"Cole, ton père... il est mort."

"Quoi ? Non..." Je n'en croyais pas mes oreilles. Papa était le meilleur, le
meilleur ami de tout le monde, facile à vivre. Bien qu'il soit un soldat, il faisait
rarement du mal à une mouche ; il voulait juste protéger et aider les gens. Aux
larmes qui coulaient des yeux de ma mère, j'ai su que ce n'était pas un mensonge.
Il était parti. Mon cœur s'est enfoncé dans ma poitrine tandis que mes propres
larmes coulaient.

"Comment ?" Je me suis étouffé.

"Le soldat Torq l'a eu en patrouille."

J'ai pensé : *"Tout s'explique. Le meilleur papa de tous les temps était parti à cause de la stupide guerre de ressources destructrice de planète de maman ! Ils avaient surmonté sa dépendance à l'alcool, ils avaient surmonté l'obsession du travail de l'autre, mais cette foutue guerre..... C'était sa faute !*

"C'est toi qui as fait ça !" J'ai soudainement crié, les larmes coulant sur mes joues. "Le nombre de fois où il a failli partir à cause de ton alcoolisme, et maintenant il est mort parce qu'il est resté pour faire *ta* guerre !"

"Cole..." dit-elle, choquée.

Nana et moi avions prévu une intervention sur l'alcoolisme de maman, mais ce n'était jamais le bon moment. Maintenant la vérité était jetée sur elle de plein fouet. Je n'en avais plus rien à faire. Après un moment, elle est partie en pleurant. Une partie de moi a commencé à se sentir mal, bien que je n'aie aucun regret ; cela me faisait mal de la voir triste. Mais je me sentais plus mal pour papa, qui mourait tout seul dans un trou de combat, pensant sans doute qu'il nous aidait d'une manière ou d'une autre. Maintenant il était parti... juste comme ça. Notre famille ne serait plus jamais la même. Un soldat Torq sans nom était là, tout fier d'avoir battu un puissant guerrier Dyptherion, probablement en train d'arroser ses copains avec l'arme spéciale de mon père. J'ai regardé mon fauteuil roulant, puis les feux de la vengeance se sont éteints sous les eaux froides et dures de la réalité. Je ne pouvais pas le venger ; un infirme désarmé ne pouvait rien faire contre un soldat entraîné. Déprimé, je suis retourné dans ma chambre et j'ai roulé un peu en réfléchissant à ce que je devais faire avant de me décider pour une violente session de jeu. Des personnages non-joueurs anonymes ressentiraient la colère que je devais à ce soldat Torq qui pourrait être mort pour ce que j'en sais.

***

Le lendemain, maman n'est pas rentrée, ce qui n'était pas trop bizarre jusqu'à ce que les jours se transforment en mois. Je me suis résigné à regarder les nouvelles quotidiennement, où j'ai appris que Dyptherion Inc. était devenu plus agressif, beaucoup plus agressif, en instituant effectivement des traites d'entreprise. Maman construisait une armée avec ses propres scientifiques et des inconnus dans la rue.

J'ai abandonné le jeu, préférant faire ce qu'aucun joueur n'osait faire : sortir. J'ai conduit mon fauteuil roulant jusqu'à la périphérie de la ville, où j'ai commencé à remarquer des prospectus accrochés aux bâtiments. J'ai roulé jusqu'à l'un d'eux.

En le lisant, j'ai été horrifié. Ça disait :

Citoyens d'Helix-6,

Rejoignez l'effort de guerre pour Dyptherion aujourd'hui et obtenez votre choix d'armes de classe D-S. Les soldats éligibles recevront également des bons pour des voyages aller-retour sur Terre pour retrouver leur famille. Disponible jusqu'à épuisement des stocks. Les termes, contrats et conditions s'appliquent - consultez votre représentant Dyptherion Inc. le plus proche pour plus de détails. Mon horreur s'est transformée en dégoût. *Des mois qu'elle était partie et maintenant ça ?! Elle a juré que Dyptherion Inc. évacuerait les survivants sur Terre gratuitement. Maintenant, elle prend en otage la sécurité des familles des gens en échange de services. Papa serait dégoûté...* J'ai pensé, en arrachant un prospectus pour le ramener à la maison.

Chapitre 2 - Perspectives

Trois mois plus tôt - Terre

"Davis, réveille-toi !" a crié ma petite sœur Vicky. Je me suis levé, lui souriant, faisant de mon mieux pour avoir l'air heureux malgré sa tête chauve. J'ai aussi fait un effort particulier pour ignorer les marques de brûlures sur sa peau. À dix ans, Vicky était une gymnaste accomplie et un modèle pour les manuels scolaires, tandis que je ne faisais rien d'autre que jouer à des jeux vidéo à deux fois son âge. Vicky est sortie de ma chambre en faisant la roue et s'est dirigée vers les escaliers. L'air puait comme des œufs pourris aujourd'hui ; le smog était lourd au Québec. J'ai enfilé mon jean et ma veste en cuir avant de descendre les escaliers.

J'ai entendu mon père tousser fort avant même que mes pieds touchent le sol.

"Davis Fington, dépêche-toi ou nous allons être en retard pour le dernier rendez-vous de Vicky", a demandé ma mère, alors je me suis dépêché. Mon père s'est lentement dirigé vers la voiture familiale à deux portes, tandis que j'ai choisi de monter sur la Harley de mon père. J'avais promis à Vicky de l'emmener à la maison sur la Harley lorsque nous aurions les bons résultats que nous espérions. Intérieurement, j'étais profondément inquiet pour Vicky et mon père. Les radiations semblaient épuiser Vicky plus qu'elles ne l'aidaient, et toute la pollution avait détruit les poumons de mon père.

Finalement, nous sommes arrivés à l'hôpital, puis nous nous sommes précipités à l'intérieur pour attendre pendant des heures qu'un médecin daigne nous recevoir.

"M. et Mme Fington ?" dit un médecin indien corpulent en s'approchant de nous.

"Oui ?" a répondu ma mère.

"Venez avec moi, s'il vous plaît..." Il les a conduits dans son bureau, nous laissant seuls dans le hall stérile rempli des bips ennuyeux des équipements hospitaliers ignorés.

Ce qui semblait être des heures plus tard, nos parents sont revenus. J'ai réussi à saisir l'air sombre sur leurs visages avant qu'ils ne forcent le sourire. Heureusement, Vicky n'a pas remarqué, elle était trop occupée à chanter les paroles d'un livre pour enfants. Ma mère s'est penchée vers mon oreille. "Terminal..." a-t-elle chuchoté. Je pouvais voir qu'elle luttait pour retenir ses larmes. Je pouvais voir dans le regard de mon père que c'était l'heure du jeu.

"Bonne nouvelle, chérie, tu vas bien !" a dit papa. Vicky a applaudi, puis a serré tout le monde dans ses bras, y compris le médecin, qui semblait engourdi. Nous avons eu de la chance, je suppose, que le docteur soit encore là. La plupart des médecins les plus riches ont embarqué sur un vol pour Helix-6. Je pouvais imaginer à quel point il devait être épuisant pour lui d'être le seul à distribuer des diagnostics de cancer aux familles pauvres de la Terre, rongées par la pollution.

Après m'être repris, j'ai pris la main de Vicky, la conduisant à la Harley. Sur le chemin du retour, j'ai lutté pour garder mon calme. Papa était mourant, et maintenant Vicky ... quelque chose devait donner.

Heureusement pour moi, Vicky n'a pas fait de bruit quand nous sommes arrivés à la maison ; elle s'est précipitée à l'intérieur pour jouer avec ses amis. J'ai retrouvé mes parents dans l'allée et nous avons tous pleuré au son de papa qui s'étouffait et s'étouffait. Une fois que nous avons pu nous calmer, nous sommes entrés. Je suis allé dans ma chambre pour jouer, en choisissant de démarrer *Dead City 7 dans l*'espoir que mon ami Coaltrain soit en ligne. L'Internet de planète à planète étant encore un peu lent, il a fallu un certain temps pour que mon signal atteigne Helix-6 et rebondisse. Il n'était pas en ligne. C'est dommage. Alors, j'ai joué un match de bataille royale en solo que j'ai perdu facilement. Mais pendant le match suivant, quelque chose a attiré mon attention : un PNJ de Torq Industries avait été ajouté au jeu. Je me suis approché prudemment du PNJ.

"Rejoignez la Torq Industries Fighting Force, (TIFF) aujourd'hui ! Les soldats de la TIFF ont accès aux armes de niveau D-S, et les meilleurs soldats obtiennent des bons pour que leurs familles puissent se rendre à Helix-6 et avoir accès aux médecins de Torq Industries. Laissez vos villes polluées derrière vous et voyagez vers la terre promise dès aujourd'hui ! Les termes, conditions et contrats s'appliquent ; TIFF ne garantit pas les offres à tous les candidats. Voyez votre recruteur local ou inscrivez-vous avec moi maintenant !" Je me suis figé sur mon siège. Coaltrain avait insisté pendant des années pour que son peuple de Dyptherion Inc. évacue la Terre et les nouvelles disaient la même chose, alors nous avions attendu... mais maintenant il n'y avait plus de temps pour attendre. *Mes parents vont me tuer s'ils découvrent que je fais ça... J'ai besoin d'une excuse. Je vais peut-être partir en voyage ?* Je pensais avec enthousiasme. J'avais abandonné l'université et j'avais peu d'argent, mais j'avais économisé suffisamment au fil des ans en faisant des petits boulots, et ma famille savait que je voulais voyager. Je devais juste embellir un peu la vérité. J'étais sûr qu'ils résisteraient étant donné l'état de Vicky, maintenant je devrais être le méchant pour une bonne raison.

Après avoir emballé tout ce dont j'avais besoin, je suis descendue en courant vers la porte d'entrée. Maman m'a coupé.

"Où pensez-vous aller ?" a-t-elle demandé.

"Vacances", ai-je dit avec désinvolture.

"Ta soeur est en train de mourir... ou tu l'as oublié ? !"

"Non."

"Tu ne peux pas partir maintenant ; et si elle a besoin de toi ou si elle..."

"Des laissez-passer ?" J'ai terminé. Maman m'a regardé avec un mélange de colère et de dépression.

"Tu as de la chance que ton père soit endormi, il..."

"Me botter le cul, je sais..." J'ai dit sans ménagement.

"Très bien, va-t'en, mais tu ne seras pas le bienvenu au retour !" Maman a dit, elle a éclaté en sanglots et s'est écartée.

Une partie de moi savait qu'elle ne le pensait pas, mais ça m'a quand même fait mal. Me ressaisissant, je me suis dirigé vers l'arrêt de bus, j'ai sauté dans le premier bus pour un centre de recrutement, et j'ai avancé vers mon destin.

La première chose que j'ai remarquée en arrivant sur place, c'est l'ornementation du gratte-ciel qui abrite le centre de recrutement. Il semblait avoir été inspiré par un mélange de Japon féodal et d'architecture moderniste. Clairement, Torq avait de l'argent à dépenser. La *guerre paie quand vous vendez des armes...* J'ai pensé. Je suis entré dans le bâtiment et j'ai été accueilli par une jolie réceptionniste en tenue de ville.

"Bonjour, je m'appelle Davis Fington. Je suis ici pour rejoindre le TIFF", ai-je dit, en essayant de paraître confiant.

Elle a souri. "Par ici, M. Fington", a-t-elle dit, me conduisant de la réception à un bureau latéral spartiate.

J'ai commencé à me sentir nerveux, mon cœur battait au rythme de l'imprimante d'un bureau voisin. À l'intérieur du bureau était assis un homme asiatique solitaire et massif, avec ce qui ressemblait à des tatouages tribaux le long de ses bras. Je faisais 1m80, j'étais un ancien quarterback de football, mais quand il s'est levé pour me saluer, je me suis senti tout petit.

"Nom ?" dit-il d'une voix grave mais douce.

"Davis Fington, j'aimerais rejoindre le TIFF, s'il vous plaît", ai-je dit nerveusement. L'homme a souri d'une manière qui m'a calmé et a déclenché des papillons dans mon estomac. J'ai rougi.

"Eh bien, M. Fington, Torq Industries est toujours à la recherche de nouvelles recrues. Il y a juste quelques étapes à franchir :

Étape 1 : Passez la batterie d'aptitude professionnelle de Torq Industries (TIVAB) - un test d'intelligence sur papier.

Étape 2 : Passer l'examen physique, qui consiste en des tests de dépistage de drogues et de la vue, suivis d'exercices rigoureux. Vous devrez courir 3 km, puis faire 100 abdominaux et 100 pompes.

Étape 3 : Rencontrez un conseiller pour décider de votre orientation professionnelle.

Nous avons un conseiller sur place. L'ensemble du processus prend quelques jours, mais nous pouvons vous fournir le gîte et le couvert. Êtes-vous sûr de vouloir faire ça ?" a-t-il demandé sérieusement.

"Oui, monsieur !" J'ai dit sérieusement ; il a souri en réponse et j'ai senti mon pantalon se resserrer.

Deux jours plus tard

Je me suis réveillé encore endolori par l'éducation physique et j'ai marché jusqu'au bureau du conseiller.

"Bonjour, madame", ai-je dit. En face de moi se trouvait une femme musclée en tenue décontractée. Ses yeux trahissaient plus d'expérience que sa tenue.

"Bonjour, soldat stagiaire. J'ai les résultats de tes examens, es-tu prêt ? " demanda-t-elle en remontant ses lunettes sur son nez.

"Oui, s'il vous plaît", ai-je dit maladroitement.

"Vous avez obtenu un score de 260 sur votre PE avec des négatifs sur l'ensemble des substances illicites. Bien joué ! Étiez-vous un athlète auparavant ?"

"Oui. Le football et le jogging. Je faisais des séances d'entraînement en plus de ça, juste pour le plaisir." J'ai souri fièrement.

"C'est bien pour vous. Alors, quels sont vos objectifs de carrière ?" a-t-elle demandé.

"Je veux être un soldat TIFF de premier rang pour pouvoir emmener ma famille à Helix-6 pour des soins médicaux. Ma sœur a un cancer en phase terminale et mon père a un poumon noir", ai-je dit sincèrement.

"Compris. Félicitations, vous avez réussi cette partie de votre formation. Présentez-vous à l'adresse indiquée sur ce morceau de papier pour recevoir d'autres instructions."

J'ai pris le papier, souri en guise de remerciement et suis parti à l'adresse.

J'étais fier lorsque la feuille de papier signée m'appelait un soldat du TIFF. J'avais l'impression d'être à deux doigts de sauver ma famille, au mépris de leur malveillance. Lorsque je suis finalement arrivé à l'adresse, elle ressemblait à une caserne de jeu vidéo, mais avec la même architecture néo-féodale que le centre de recrutement. J'ai présenté mes papiers à une personne au bureau principal de la caserne la plus proche et ils m'ont annoncé la mauvaise nouvelle.

"Soldat Fington, à partir de maintenant, vous appartenez au TIFF. Vous passerez deux mois agonisants en entraînement de vitesse et si vous survivez, nous vous accorderons peut-être quelques avantages, est-ce clair ?" demanda la personne, qui s'avéra être un sergent instructeur. Intérieurement, j'étais consterné. *Je n'ai pas deux mois ; papa et Vicky pourraient être... morts d'ici là.*

"Oui, monsieur..." J'ai dit.

Deux mois plus tard

J'avais tiré, tranché, fait de l'exercice et combattu pendant les deux mois les plus ennuyeux de ma vie, tout en me faisant engueuler par les sergents instructeurs. Sur les 100 soldats, quatre-vingts ont abandonné, laissant les plus désespérés des idiots. Je n'étais pas autorisé à savoir quoi que ce soit sur mes collègues, à part leur numéro d'unité. TIFF-KJ1 à KJ20. C'était censé faciliter notre séparation si l'un de nous tombait au combat. *Il est clair qu'on ne s'attend pas à ce que nous survivions...* J'ai pensé quand j'ai finalement réalisé que terminer l'entraînement ne faisait pas de nous autre chose que des numéros.

Malgré tous mes efforts, je me lavais au fur et à mesure, mon uniforme sentait légèrement la sueur et mon fusil balistique de classe D tremblait dans ma main comme s'il était prêt à exploser chaque fois que je tirais dessus. *Une vieille camelote inutile... pas étonnant qu'ils s'attendent à ce qu'on meure. Notre armure est à peine bonne contre les fusils balistiques de classe F, sans parler de cette camelote,* ai-je supposé à regret. J'avais espéré voir quelques avantages maintenant. Ayant abandonné mon holo-téléphone parce que je ne pouvais pas me le permettre, je n'avais aucune idée de ce que faisait ma famille... Vicky était-elle encore en vie, et papa ? Est-ce que tout cela avait de l'importance ?

Une fois de plus, je me suis résolu à faire en sorte que tout cela compte alors que je rejoignais mes camarades soldats diplômés pour un discours du sergent instructeur.

"Aujourd'hui, mon temps avec vous se termine. Certains d'entre vous vont tomber, d'autres entreront dans l'histoire. J'espère seulement être là pour en faire partie. Demain, vous partirez pour Helix-6 où vous affronterez les meilleurs de Dyptherion Inc. N'oubliez pas : Une victoire pour Torq, c'est un avenir pour vos familles ! Rompez."

Nous avons tous tapé du pied et salué, en criant "Torq". Puis mes camarades sont allés faire leurs bagages. Ayant déjà fait cela, j'ai décidé de poser au sergent une question qui me brûlait l'esprit depuis un mois.

"Monsieur, si je peux me permettre, que dois-je faire pour gagner un bon pour faire venir ma famille à Helix-6 ?"

Il m'a regardé avec nostalgie et a souri. "Survivez !", c'est tout ce qu'il a dit.

J'ai été profondément déçu. *Je ne sais pas ce que j'attendais. Tout juste sortis de la formation, ils n'étaient pas susceptibles de me donner quoi que ce soit, mais j'aurais aimé une meilleure réponse...* j'ai pensé avec agacement. Je ne savais pas que c'était vraiment la meilleure réponse. Le lendemain, j'ai pris la navette pour l'oasis de jungle légendaire qu'était Helix-6.

***

Des heures et des heures de lumière d'étoiles passant devant mes yeux m'ont bercé. Jusqu'à ce que KJ20 me réveille en sursaut. C'était un petit caucasien avec une moustache en forme de crayon qui ressemblait à une star de la collection de films muets d'une époque révolue de mon arrière-grand-mère.

"Quoi ?" J'ai dit, agacé.

"Regardez !" s'est-il exclamé. Je n'ai pas tardé à lui être reconnaissant de m'avoir réveillé, car ce que j'ai vu par le grand hublot de la navette m'a stupéfié : une jungle luxuriante et vibrante à perte de vue, ponctuée de temps en temps par un nombre croissant d'installations humaines voyantes. J'ai regardé le reste de mes collègues ; nous portions tous une armure de combat noire standard avec des accents rouges et des casques avec des visières rouges vibrantes - les couleurs standard de Torq. Seuls KJ20 et moi n'avions pas nos casques. Dans l'ensemble, nous avions l'air beaucoup plus intimidants que je ne le pensais. J'avais peur, j'étais nerveux, je doutais même. *Est-ce que je peux vraiment sauver ma famille à ce rythme ? Et s'il ne reste que maman au moment où je le fais ?* J'ai pensé.

J'ai serré mon vieux fusil TIFF de classe D contre ma poitrine comme un bébé pour me rassurer. Avec ses trois canons rotatifs et son mécanisme de mise à feu à manivelle, il ressemblait à un mini-fusil bâtard croisé avec un parapluie de pont. Il tirait des cartouches de 7,62 à raison de vingt cartouches par minute ou un peu plus vite si l'on pouvait tourner la manivelle plus rapidement. Je ne l'ai jamais poussé, car mon pauvre pistolet n'avait pas été très bien entretenu et je savais à peine comment le remonter après deux mois d'entraînement accéléré avec lui.

Si je devais évaluer mon expérience d'entraînement, je dirais qu'elle a été médiocre. Nous nous entraînions et nous nous entraînions entre nous quand nous n'étions pas au champ de tir sur des cibles mobiles, habillés en bleu Dyptherion. Le sergent instructeur n'arrêtait pas de parler des méfaits des "bâtards de Dyptherion et de leur chef de merde". Tout ce que j'ai retenu de ses exercices de propagande, c'est la pépite de vérité selon laquelle Dyptherion *avait* promis d'évacuer les pauvres de la Terre mais ne l'avait pas fait jusqu'à ce qu'il puisse nous utiliser comme viande pour un effort de guerre. Cependant, je n'ai pas perdu de vue que Torq a eu recours à la même chose, bien qu'ils aient au moins promis de meilleurs avantages dans mon esprit. Le temps nous dira s'ils ont tenu parole. Quelques instants plus tard, nous avons atterri à la base aérienne Torq d'Helix-6, un complexe tentaculaire de béton, de sueur et de machisme exagéré.

Je me suis présenté au sergent pour être affecté, puis je me suis retrouvé dans une Jeep électrique qui se dirigeait vers un long chemin de terre sinueux à travers la jungle.

"Premier jour ?" a demandé le chauffeur.

"Tu peux le dire ?" J'ai tout déballé.

"Tout le monde s'accroche à son arme comme ça", a-t-elle dit. J'ai gloussé nerveusement, puis j'ai fait un effort conscient pour redresser ma position.

"Tiens, je retourne sur Terre après ça donc je n'en ai pas besoin, ça te réconfortera." Elle m'a tendu un cylindre géant avec une lumière verte pulsée et un seul bouton. "Attache-le à ton dos et appuie sur le bouton !"

J'ai fait ce qu'elle m'a demandé, et mes mains, puis tout mon corps, ont été soudainement recouverts d'une douce lumière verte qui a disparu. J'ai tout de suite su ce que c'était : un bouclier énergétique Dyptherite, et un bon en plus.

"Vous êtes sûr ?! C'est la technologie des forces spéciales Dyptherion ! Tu pourrais l'emmener chez toi et le vendre pour des millions..." Je me suis exclamé.

"Je sais... J'ai fait tout ça pour ma famille, mais ils sont morts des effets de la pollution avant que j'aie l'influence nécessaire pour les faire venir. Maintenant, il n'y a que moi, et je n'aurai pas besoin d'argent là où je vais." Son ton sombre m'a beaucoup inquiété. J'ai essayé de faire avancer la conversation.

"Je suis ici pour ma famille aussi. Je dois sauver ma soeur et mon père, ça m'aidera beaucoup, merci !"

"Pas de soucis, je l'ai eu sur un cadavre de Dippy. Il n'en avait plus besoin, mais un enfant comme toi, si."

Dippy était le surnom donné par le TIFF aux forces de Dyptherion Inc. ; apparemment, ils nous appelaient les Tiffanys.

Une fois qu'elle m'a déposé dans la zone de combat, elle m'a fait un signe laconique de la main et a filé, avec un peu de chance, vers un endroit plus heureux. Je n'ai même pas eu son nom. J'ai rejoint cinq de mes camarades de l'unité KJ, et d'après leurs badges, il s'agissait des unités TIFF KJ10 à KJ15. J'ai remarqué que d'autres Jeeps partaient à toute vitesse avec des corps portant nos couleurs et j'ai frissonné. *Dommage qu'ils n'aient pas eu ça...* J'ai pensé, en regardant ma main couverte par un bouclier maintenant imperceptible.

"KJ19 !" a crié un commandant pour moi.

"Monsieur ?" J'ai répondu.

"D'après votre dossier, vous avez obtenu les meilleurs résultats parmi votre groupe de soldats. Vos ordres sont de prendre le commandement des unités KJ restantes et de flanquer la base ennemie au sud. Des questions ?"

"Est-ce qu'on aura une couverture ?"

"Les frelons meurtriers sont sur place pour assurer la surveillance. S'il n'y a rien d'autre, allez-y !"

"Monsieur !" J'ai salué, puis j'ai fait signe aux KJs de me suivre. Les Murder Hornets étaient des transporteurs de troupes volants désignés comme tels pour leurs batteries de missiles Stinger et leurs mini-armes montées sur les sièges latéraux. Savoir qu'ils étaient là me donnait une grande confiance. Nous sommes montés sur un hoverboard Infiltrator et nous nous sommes enfoncés dans la jungle sombre.

"Ok, mesdames et messieurs, le commandant m'a chargé de vous diriger. En gros, on doit flanquer la base ennemie sud sous la couverture des Hornet et la prendre. Des questions ?" J'ai dit. Personne n'a répondu ; ils se sont tous affalés comme une bande d'enfants punis. La musique qui couvrait notre progression était composée de balles, de missiles, de grenades et du son si troublant des cris de mort. Je ne pouvais pas blâmer mes camarades soldats d'être désespérés. Pour ce que nous en savions, cela pouvait être une mission suicide.

"Courage, l'équipe, on s'en occupe !" J'ai essayé d'avoir l'air sûr de moi, même si moi aussi j'avais des doutes. Ça n'avait pas d'importance, c'était l'heure du départ.

Chapitre 3 - Conséquences Et Pertes

Passer derrière la base ennemie avec les Hornets nous couvrant avait été facile. *Trop facile...* je pensais. Nous avons démonté l'Infiltrator puis l'avons renvoyé à la base en pilotage automatique pour que les renforts puissent se faufiler si nécessaire. KJ15 a pris la tête tandis que le reste d'entre nous a pris l'arrière. Je me sentais mal, parce qu'en tant que blindé, je devrais probablement mener, mais peu importe. Je désignais KJ19 ; j'attendais avec impatience d'être appelé, ce qui n'a pas tardé.

"Dix-neuf, je vois du mouvement, l'approche de Dippys..."

En une fraction de seconde, son casque a été soufflé par un jet orange vif qui a également enflammé son armure. *Une arme à feu de niveau S !* J'ai remarqué.

"COUVERTURE MAINTENANT !" J'ai crié aussi fort que je le pouvais avant de plonger derrière un arbre épais. Des balles élémentaires ont hurlé tout autour de moi. Grâce au bref entraînement supplémentaire que j'ai suivi, je pouvais dire que nous n'avions affaire qu'à un utilisateur d'éléments et peut-être à dix utilisateurs de balistique de niveau D. J'ai vérifié que mon bouclier était plein, puis j'ai fait une poussée effrontée jusqu'à l'arbre suivant pour avoir des yeux sur nous. Nous avions un léger avantage, avec les énormes arbres de la jungle pour nous ombrager et nous couvrir, mais les Dippys avaient une position fortifiée avec des tourelles et des sacs de sable, de sorte qu'un opérateur qualifié pouvait facilement tenir tête à notre petite force seule.

Pire encore, nous étions lourdement désarmés. Notre armure pouvait à peine supporter des balles de niveau D, sans parler d'une arme élémentaire de niveau S. J'ai fait signe à mon équipe de pousser, après avoir attendu que mon générateur de bouclier émette une impulsion verte, et j'ai ouvert le feu. Nous en avons abattu trois, mais n'en avons perdu qu'un. Je soufflai sous mon casque, mon cœur s'emballant tandis que la sueur perlait dans mon dos. C'était réel. Soudain, un Murder Hornet a tiré une dernière salve en approche, qui a décimé la position ennemie, ne laissant que quelques personnes debout. Du coin de l'œil, j'ai vu le bouclier de l'utilisateur d'élémentaire passer au vert. Lui et moi étions les seuls à être protégés. Je me suis stabilisé. "Feu !" J'ai ordonné de rompre la formation et de charger le soldat élémentaire. *Personne d'autre dans mon équipe ne doit mourir aujourd'hui !* J'ai décidé. Tirant sauvagement, j'ai chargé, espérant de toutes mes forces que mon arme tiendrait jusqu'à ce que son chargeur de trente balles soit épuisé. Heureusement, les membres restants de mon équipe ont compris mon plan désespéré et m'ont soutenu en abattant les deux autres ennemis.

Maintenant, il n'y avait plus que lui et moi qui nous fixions l'un l'autre pendant une fraction de seconde. J'ai tiré tout ce qu'il me restait dans son bouclier, puis j'ai plongé à l'abri dans la fortification ennemie. J'ai entendu mes deux KJs restants crier alors qu'ils chargeaient dans le bruit de leurs armes. Rapidement, j'ai rechargé, pris une seule inspiration, et ouvert le feu à nouveau. Il a complètement rôti mes alliés. Par-dessus leurs cris, j'ai vu son bouclier se briser et j'ai entendu un bruit de verre brisé. Juste au moment où mon chargeur commençait à se vider, je l'ai frappé une fois à la tête. Son casque s'est brisé et il est tombé comme une bûche. Nous l'avions fait. On était tous morts, sauf moi, pour un seul soldat. *Putain d'ordure de Dippy,* j'ai pensé. J'ai enlevé mon casque et craché dans sa direction, indigné. Puis je me suis retourné vers mon équipe profanée et j'ai été pris de nausées.

Après quelques minutes de vomissements, je me suis laissé aller à pleurer. Une fois que j'ai versé mes larmes pour les personnes que je ne connaissais que par leurs désignations, j'ai rassemblé ma détermination avant de m'approcher du cadavre du soldat élémentaire. Je me suis emparé de son arme ; elle était magnifique, et avait un corps orange vif avec un cylindre rouge pulsant à la place du canon qui s'ouvrait en forme de fleur. La crosse était semblable à celle d'un fusil, mais au lieu d'être droite, elle avait un corps incurvé et profilé, avec un seul renfoncement droit pour un viseur holographique jaune vif. Lorsque j'ai inspecté la détente, j'ai non seulement remarqué à quel point l'assemblage était normal, mais juste à côté de la détente, sur le côté gauche du corps, deux noms étaient gravés. *Pour Cole & Sandy* c'était écrit. Je me suis arrêté net. Mon meilleur ami Coaltrain online vivait ici sur Helix-6, et le nom de sa mère était Sandy aussi. *Quelles sont les chances ?* Je me suis demandé. J'ai décidé de bannir cette pensée. J'ai attaché mon nouveau pistolet à l'étui magnétique dans mon dos, puis j'ai avancé dans la base avec mon vieux fusil fidèle. Je ne sais pas pourquoi je n'ai pas utilisé mon arme volée ; cela me semblait plus naturel.

"Qu'est-ce qui est si important ici pour qu'ils aient posté un utilisateur d'élémentaire pour le garder ?" J'ai réfléchi à voix haute, en rééquipant mon casque. La 'base' était si petite qu'il était difficile de l'appeler ainsi. Des fournitures de base, des lits superposés, du matériel de communication tactique, des rations, des munitions ; tout était là, mais pas grand chose d'autre. Jusqu'à ce que je remarque une clé USB rétro cachée derrière un dossier. "Vous avez intérêt à détenir les moyens de mettre fin à cette guerre ou mes alliés sont morts en vain..." J'ai grommelé, en essayant de ne pas imaginer leurs cadavres fumants et profanés. J'ai ouvert un ordinateur portable tactique à proximité et j'ai doucement inséré le disque. Ce qu'il y avait dessus m'a époustouflé. Des images montrant la mère de Cole, la PDG des Dippys, s'injectant directement de la Dyptherite, ce qui était un grand non pour la sécurité, et plus accablant : des ordres directs de sa part à tous les Dippys de vider la Terre et de continuer cette guerre par tous les moyens. Il n'y avait qu'un seul fichier audio, alors j'ai appuyé sur play.

"Madame, vous avez juré d'évacuer la Terre !" dit un scientifique.

"Je l'ai fait, mais je ne me soucie plus de ça. Comme Torq, je veux juste plus de Dyptherite, à moins que les gens ne signent pour être des soldats, je n'en ai pas besoin," dit froidement la mère de Cole.

"Vous allez bien ? Tes yeux sont redevenus rouges sang..."

"Bien... Je vais bien, envoyez l'ordre que je veux que tous les 'Tiffany' soient pendus ou écartelés. Morts par tous les moyens nécessaires. Si Torq ne rend pas sa Dyptherite, on la prendra des mains froides et mortes du PDG. Les dissidents à cette guerre auront droit à un aller simple pour la Terre, grâce à nos navettes Torq volées. Assurez-vous que les pilotes portent des vêtements Torq. Nous ne voulons pas que le prix de nos actions chute en semblant être impliqués."

Avec cela, le clip audio a pris fin. J'ai vaguement entendu un bruissement, comme si un enregistreur secret avait été glissé dans une poche, puis l'enregistrement s'est terminé. Quoi que la mère de Cole se soit fait, elle n'était plus la gentille dame qu'il avait décrite. Elle était devenue génocidaire. J'ai pris tout l'ordinateur portable, l'emportant avec moi dans la longue marche de retour à la base. Heureusement pour moi, le commandant m'a rencontré dans une Jeep au quart du chemin, alors j'ai fait du stop pour rentrer avec lui.

Le visage du commandant est resté sombre pendant toute la présentation des preuves. "Alors, elle a commencé cette foutue guerre et maintenant elle a l'intention d'y mettre fin, hein ?" a-t-il finalement grommelé.

"C'est ce qu'il semble, monsieur. Ils avaient un soldat avec un bouclier élémentaire qui gardait ça, donc ça doit être vrai", ai-je noté. J'ai essayé de remettre l'arme que j'avais prise mais le commandant m'a fait signe de ne pas le faire.

"C'est à vous maintenant, vous l'avez gagné."

"Merci, monsieur."

"Vous êtes le bienvenu, Sergent Fington. Nous avons perdu beaucoup de membres du rang aujourd'hui, donc je soumets vos actes comme raison de cette augmentation de grade."

"Monsieur, si je peux me permettre, j'ai une famille en phase terminale sur Terre ; Torq Industries peut-elle m'aider à les faire venir ici pour les soigner ?". J'ai demandé avec espoir.

"S'ils ne le font pas après avoir entendu ça, je le ferai, Sergent." Mon cœur s'est gonflé ; en une seule mission, j'avais fait ce que j'avais initialement prévu de faire. Maintenant, tout ce qu'il me restait à faire était d'espérer que ma famille soit toujours en vie. Mon père serait têtu ; nul doute qu'il résisterait à l'aide. Ma sœur ne serait pas difficile à convaincre. Je me suis dit qu'une fois qu'elle aurait fini de pleurer sur le fait que je rejoigne le TIFF en secret, maman serait fière. Il ne restait qu'une chose : mon nouveau pistolet. Si j'avais vraiment tué le père de ma meilleure amie sur internet, je lui devais une explication.

Deux jours plus tard

Après que ma promotion précipitée ait été finalisée, on m'a accordé un jour de congé, que j'ai utilisé pour chercher Cole Sanberg. Ce n'était pas difficile de trouver le manoir de sa mère. Heureusement pour moi, la nouvelle de l'enregistrement secret de Dyptherion Inc. était déjà devenue virale, donc il n'y avait aucun doute dans mon esprit que Cole l'avait entendu. Le disque contenait aussi des déploiements de troupes, des mémos secrets, et même des horaires de voyage. Donc, je savais que Cole et sa mère devaient être à la maison. Je portais des vêtements civils : mes jeans et une veste en cuir avec un t-shirt TIFF en dessous. Je me suis dit que ce serait mieux d'entrer en tant qu'ami de Cole d'abord, puis d'essayer d'expliquer l'arme que je portais. Les manifestants étaient alignés dans la rue devant leur maison, alors j'ai exposé temporairement mon t-shirt TIFF aux acclamations, ce qui m'a permis de passer. Nerveusement, j'ai sonné à la porte et Mme Sanburg a répondu.

"Bonjour, Mme Sanburg, je suis le sergent Davis Fington, je suis un ami de Cole. Puis-je entrer ?" J'ai dit.

"Certainement, Sergent Fington, je vais l'appeler."

"Merci, dis-lui que je me fais appeler Daveed en ligne, il comprendra."

"Ok..."

Un peu plus tard, un homme mince à lunettes en fauteuil roulant électrique est arrivé.

"Coaltrain ?" J'ai demandé en souriant.

"Daveed, c'est toi ; qu'est-ce que tu fais ici ?"

"A regret, je suis venu vous rendre ceci avec mes condoléances." J'ai soigneusement tendu l'arme à Cole. Presque instantanément, ils ont tous les deux commencé à pleurer.

"Comment c'est arrivé ?" Cole a demandé.

"Il est tombé en gardant les informations qui ont récemment fuité sur ta mère..." J'ai répondu.

"Comment savez-vous cela ; avez-vous combattu à ses côtés ?" Mme Sanburg a demandé, en pleurant.

"Honnêtement, madame, c'est moi qui l'ai tué et qui ai livré les informations..." J'ai admis.

"Whaaat ?!" Cole s'est exclamé, sidéré. En réponse, j'ai défait ma veste, exposant ma chemise TIFF et mes plaques d'identité.

Cole a pointé l'arme de son père sur moi, puis a fait un geste de sa main libre vers la porte d'entrée. "Sortez !" a-t-il crié.

"Cole, chéri, tue cet homme pour maman", roucoulait Mme Sanburg. Ses yeux se sont mis à briller rouge, ce qui semblait énerver Cole autant que moi.

A travers des larmes de rage, Cole a jeté son bras libre à la porte dans un geste directionnel. "J'ai dit DEHORS", a-t-il crié.

De façon choquante, Mme Sanberg a fait un revers à Cole, a saisi l'arme et a commencé à tirer sauvagement.

"Tu as bafoué des années de travail, ruiné l'empire que je construisais pour mon fils... Maintenant, meurs !", a-t-elle crié.

"Je comprends votre colère, mais ne tirez pas ou votre maison va brûler !" J'ai essayé de la raisonner tout en esquivant habilement son tir amateur. Comprenant qu'elle n'abandonnerait pas, j'ai saisi ma chance quand son chargeur s'est épuisé. Chargé, j'ai attrapé le pistolet d'une main, le poussant sur le côté, et je l'ai frappée avec mon poing libre. Maintenant armé du pistolet familial, à mon grand dam, je me tenais face à un Cole en pleurs et à sa mère assoiffée de sang dont le corps commençait à rougir de ses veines.

Le salon de la maison de Cole a commencé à s'enflammer à cause des tirs de flammes du canon élémentaire.

"Cole, Mme Sanburg, on doit partir, maintenant !" J'ai dit, en visant prudemment Mme Sanburg au cas où elle s'en prendrait encore à Cole dans sa colère.

"Non, tu vas... en enfer !" Mme Sanburg a grogné. Soudain, des faisceaux d'énergie rouge ont explosé de ses doigts, lui arrachant la peau et les ongles. Je me suis jeté à terre comme si on m'avait ordonné de faire des pompes, évitant de justesse les rayons qui ont traversé le mur de la maison, tuant trois rangées de manifestants innocents.

"Maman, arrête, tu es en train de tuer des gens !" ordonna Cole désespérément.

En réponse, Mme Sanburg a jeté son bras dans sa direction, le pointant du doigt comme si elle était sur le point de faire une conférence, clairement aveuglée par la rage. À ce moment-là, il n'y avait rien que je puisse faire pour empêcher le rayon qui émanait encore de son doigt de traverser le crâne de Cole. Désespérément, je me suis précipité en avant et je l'ai frappée à la tête avec l'arme, l'assommant d'un coup. Malgré le sang sur son front, elle avait l'air serein, jusqu'à ce qu'une fumée âcre commence à s'accumuler, m'empêchant de voir et m'étouffant. Avec précaution, j'ai tiré les Sanburg du bâtiment en feu avant de me retourner pour faire face à la foule grandissante.

"Cole Sanburg est mort de sa main. Je déclare cette guerre terminée et je mets Sandra Sanburg en état d'arrestation citoyenne avec l'autorité qui m'est conférée en tant que sergent de la force de combat de Torq Industries ! Des questions ?" Personne n'a parlé, mais finalement quelques personnes ont applaudi. "Mort aux Dippys !" a crié un homme.

Epilogue - Deux Jours Plus Tard

Heureusement, le commandant avait tenu parole, s'assurant que ma famille soit traitée avec les remèdes miracles dyptherites d'Helix-6. Bien que j'ai veillé à ce qu'ils n'utilisent pas d'injections directes pour éviter tout changement de personnalité ou de superpouvoirs comme ceux dont Mme Sanburg a fait preuve. Autre bonne nouvelle, le TIFF m'a accordé une décharge honorable maintenant que j'avais effectivement mis fin à la guerre. J'avais entendu dire que Mme Sanburg m'avait rendu responsable de la mort de Cole et avait juré de se venger, mais je m'en fichais. Elle était en prison à vie sous la surveillance spéciale des forces volontaires du TIFF. J'avais choisi de vendre l'arme de la famille Sanburg pour trois millions de dollars, ce qui était juste assez pour acheter un modeste bungalow à deux étages - le marché immobilier d'Helix-6 était pire que celui de la Terre parce que tout le monde sur Helix-6 devait être riche pour y arriver. Apparemment, mon commandant avait conquis le siège de Dyptherion Inc. au nom de Torq puis avait cédé la plupart de ses ressources pour payer les familles de ceux qui avaient perdu la vie pendant la guerre. C'était un homme bon. Torq n'était pas parfait ; ils terraformaient et détruisaient encore les écosystèmes des planètes pour la Dyptherite, tout comme leurs ennemis, mais au moins ils payaient bien leurs soldats, et accueillaient même des unités de Dyptherion Inc. avec l'amnistie. J'étais content que les soldats ne soient pas abandonnés à leur sort comme certains gouvernements terriens semblaient le faire ; non pas que cela me concerne désormais.

J'avais été extrêmement chanceux, bien sûr j'avais perdu mon seul ami et j'avais dû vivre avec de nombreux morts, mais je n'avais eu besoin de voir le combat qu'une seule fois pour atteindre mon but ultime : que ma famille soit à nouveau saine et sauve.

"Nous sommes si fiers de toi, Davis... Sergent Fington !" a dit ma mère, pleurant des larmes de joie. Mon père m'a juste serré la main, puis m'a remis les clés de sa Harley, qu'il avait réussi à convaincre mon commandant d'emmener avec lui. Apparemment, c'était sa condition pour partir. Cette idée m'a fait rire, ce qui a attiré un regard interrogateur de mon père, mais j'ai juste souri et serré sa main en remerciement. Vicky, de son côté, était trop occupée à faire de la gymnastique pour dire quoi que ce soit, ce qui me convenait parfaitement. Nous avions tous menti en disant qu'elle allait bien sur Terre, alors elle n'avait pas besoin de comprendre pourquoi elle allait bien maintenant. J'étais juste ravi que tout le monde soit fier et en sécurité. Ma mission avait été accomplie.

Les Marécages, Deuxième Partie: L'ascension Du Pinson Rouge

Chapitre 1 - Coaltrain à Moteur-Fusée

"Je m'appelle Cole Sanburg ; je devrais être mort", ai-je dit à l'employé des pompes funèbres sidéré qui m'avait trouvé éveillé sur sa table d'autopsie. Je me souvenais de tout, jusqu'au fait que ma propre mère avait peut-être accidentellement fait exploser ma tête. Je pouvais me voir dans un miroir proche. Tout ce que j'avais à montrer pour ma mort explosive mentionnée précédemment était quelques cicatrices où la Dyptherite persistante de l'attaque de maman avait fusionné ma tête.

"Mon fauteuil roulant est là ?" J'ai demandé.

"Au bout du couloir, je vais l'attraper", a-t-il dit, en serrant nerveusement son pull de Noël.

Une fois que j'étais monté, j'ai dit, "LYLA réveillez-vous, code Cole." Quelques instants plus tard, Lyla se tenait sur son bras de projecteur robotisé, l'air sexy.

"Salutations, Cole, comment puis-je vous aider aujourd'hui ?" dit-elle d'une voix sensuelle.

"Depuis combien de temps je suis dehors ?" J'ai demandé.

Anticipant ma vraie question, elle a répondu : "Trois semaines, la guerre est terminée, et Sandra Sanburg est actuellement détenue dans une prison super-max sous la garde de Torq. Tous les biens de votre famille ont été saisis et vous avez été déclaré mort."

"Super..." J'ai dit tristement. *Maman est partie et tout le reste aussi. À part ce fauteuil roulant, je n'ai rien.*

Ignorant les demandes bégayantes de l'agent funéraire de rester, j'ai quitté le funérarium. J'ai conduit dans les rues d'Helix-6, ignorant les regards interrogateurs de certaines personnes. Une partie de moi supposait que leurs réactions étaient dues à la fameuse chute de maman, incluant sans doute la nouvelle de ma mort. Les gens ont commencé à me filmer avec leurs holophones ; certains ont même prononcé mon nom avec admiration. Après un certain temps de conduite silencieuse, j'ai finalement atteint ma maison alors qu'il ne restait plus beaucoup de batterie. La maison avait été réparée après les attaques au pistolet de feu de maman et transformée en base Torq. J'étais ambivalent ; j'avais toujours détesté cette maison voyante. J'espérais juste que certaines de mes affaires resteraient. Je suis entré dans la cuisine du rez-de-chaussée, qui avait été transformée en réception. Au comptoir principal, une dame qui ressemblait beaucoup à Lyla m'a souri.

"Bonjour, M. Sanburg, puis-je vous aider ?", a-t-elle dit.

"Vous me connaissez ? !" Je me suis exclamé.

"Tout le monde le fait ; vous êtes l'homme qui a survécu à la mort."

"Les nouvelles vont vite, hein ?"

"En effet. Alors, de quoi avez-vous besoin ?"

"Est-ce que mes affaires sont toujours là ?" J'ai demandé avec espoir.

"Non, désolé, le domaine a été vendu à Torq."

"Je peux vérifier ma chambre avant de partir ?"

"Bien sûr."

"Merci."

J'ai pris l'ascenseur jusqu'à ma chambre, qui avait été vidée de son contenu. J'ai regardé Lyla et j'ai souri.

"Lyla, désengage le coffre-fort, code Sanburg1", ai-je dit.

Lyla a clignoté en bleu en réponse, et quelques instants plus tard, un morceau du mur sud s'est détaché et a pivoté. À l'intérieur se trouvait un coffre-fort de la taille d'une armoire que maman avait installé pour moi. J'avais intégré ses systèmes avec Lyla il y a des années, au cas où je tomberais de ma chaise ou aurais besoin d'un moyen d'entrer rapidement. La paranoïa a payé. À l'intérieur se trouvaient mon prototype de fauteuil de combat, un chargeur de rechange et une horde d'argent liquide provenant d'années d'anniversaires sous une maman riche. Le fauteuil de combat était un projet de plaisanterie sur lequel papa et moi avions travaillé pendant des années. Il était équipé d'un canon élémentaire attaché à chaque accoudoir, de néons rouges dans le châssis et, surtout, de deux fusées attachées au châssis arrière. Le tout fonctionnait avec deux gouttes de Dyptherite, ce qui éliminait le besoin de batteries. J'ai désengagé le bras de commande de Lyla de mon fauteuil principal, puis je l'ai soigneusement synchronisé avec le fauteuil de combat pour qu'elle puisse surveiller la Dyptherite et contrôler les systèmes instables du fauteuil en toute sécurité.

J'ai conduit mon vieux fauteuil à côté du fauteuil de combat, je me suis transféré dans le fauteuil de combat, puis j'ai commencé à remplir d'argent le sac à dos au-dessus des fusées. En tout, j'avais environ un million de dollars, ce qui ne me mènerait pas très loin dans cette économie. Mon plan était simple : quitter la maison pour de bon, acheter un nouvel holophone et, si possible, créer un réseau avec d'autres " zombies ", si tant est que de telles personnes existent. J'espérais que d'autres étaient dans ma situation, ne serait-ce que pour ne pas me sentir seul. C'était égoïste, c'est sûr. J'ai scellé le coffre-fort par l'intermédiaire de Lyla, puis j'ai quitté discrètement la maison en étant heureusement ignoré par la secrétaire. *Les personnes handicapées sont pratiquement invisibles dans ce monde*, pensais-je, heureux pour une fois de ce fait. Je ne savais pas comment j'allais expliquer mon fauteuil de combat s'il fallait le faire.

J'ai hélé un aéro-taxi et j'ai commencé le voyage vers le centre-ville, me couvrant, ainsi que mes armes, d'une couverture. Personne n'a posé de questions, ce qui était bien. J'ai pris un nouvel holophone dans un kiosque du centre-ville puis j'ai cherché sur Google les réunions de personnes handicapées. Il y en avait une pour les soldats handicapés par la guerre qui se tenait dans une heure en ville, alors j'ai commencé à faire le trajet en chaise dans la rue. Mes cicatrices se sont avérées être la clé de mon entrée, car la réceptionniste n'a eu qu'à me regarder pour me laisser entrer, sans poser de questions.

La plupart du temps, je me contentais d'écouter, car je n'étais pas soldat et je n'avais donc aucune expérience à apporter.

La salle était maladroitement silencieuse jusqu'à ce qu'un homme avec un oiseau rouge sur sa veste prenne la parole.

"Les riches, les Torqs du monde nous ont fait ça. Ils nous ont promis la richesse et la sécurité pour nos familles et qu'avons-nous obtenu ? Rien !"

La salle était pleine d'accords et de hochements de tête.

L'homme oiseau continua : "Ils ont essayé de le cacher mais vous savez ce que j'ai appris ? L'injection directe de Dyptherite te donne des superpouvoirs !"

J'interviens prudemment, "Euh... oui j'ai entendu ça aussi mais j'ai aussi entendu que ça a rendu Sandra Sanburg folle".

L'homme oiseau m'a regardé comme s'il me connaissait. "Qu'est-ce qu'un peu de folie dans cette société de fous ? Nous devons obtenir la nôtre. La rumeur dit que les Richie Riches de Helix-6 ont injecté leurs enfants, surtout les handicapés, en pensant que ça les guérira."

J'ai poussé un gémissement de dégoût audible, tout comme quelques autres. Les cures de Dyptherite *avaient* annulé la plupart des maladies, mais pour ceux qui étaient auparavant affligés de handicaps, il n'y avait pas grand-chose que les cures basées sur l'extraction pouvaient faire. *Je déteste l'admettre, mais si des explosions directes de Dyptherite peuvent me ramener d'entre les morts, ils ont peut-être raison...*

J'ai regardé l'homme-oiseau ; il était plutôt louche avec ses yeux de fouine, son comportement nerveux et sa peau grasse. L'oiseau rouge sur sa veste était d'une sérénité frappante, mais ne convenait pas bien à la tenue d'un homme.

"Si les Richies ne nous aident pas pour tout ce que nous avons fait pour eux, je dis que nous prenons leurs foutus médicaments miracles et tout ce que nous voulons pour nous-mêmes ! Les vétérans méritent mieux que ce que la société de merde leur offre !" poursuit-il, la colère montant dans sa voix et sa nervosité s'atténuant. Les gens dans la salle exprimaient de plus en plus leur accord. Je commençais à me sentir mal à l'aise.

"Les vétérans méritent certainement mieux", j'ai accepté. "Avez-vous l'intention de vous présenter aux élections ? Si oui, vous avez mon vote !" J'ai dit, en essayant d'avoir l'air assez enthousiaste pour que sa colère se calme.

"Non", a-t-il répondu de manière sinistre. À ce moment-là, j'ai su que je ne trouverais pas de personnes partageant les mêmes idées ici, alors je me suis discrètement excusé. J'avais espéré que mon étrange rencontre avec l'homme-oiseau serait la dernière, mais mes espoirs ont vite été déçus.

"Sanburg !" a crié un homme oiseau derrière moi. Sans réfléchir, je me suis tourné vers lui.

"Oui ?" J'ai dit nerveusement en déplaçant ma main sous ma couverture vers la gâchette de mon arme gauche.

"Je le savais... c'est pour ça que tu m'as mis en garde contre l'injection de Dyptherite, tu es le zombie Dippy que Sandra a fabriqué !" dit-il avec enthousiasme.

J'ai fait la grimace. "Je ne suis pas un 'Dippy zombie', juste Cole, merci. Qu'est-ce que tu veux ?"

"Tu es la preuve que les rumeurs doivent être vraies, tu as vécu !"

"Bien sûr, mais pour autant que je sache, je n'ai pas de superpouvoirs."

"Peu importe, tu es toujours l'homme dont j'ai besoin pour faire tomber les Richies qui exploitent des planètes entières pour la Dyptherite. Tu sais aussi bien que moi que Torq n'est pas meilleur que Dyptherion ne l'était ! On peut les faire tomber tous ensemble." Son empressement sincère aurait facilement convaincu un homme moins important, mais je n'étais pas dupe.

"Un honorable vétérinaire comme vous et un infirme comme moi ne peuvent rien faire à Torq", ai-je dit, essayant de paraître calme et respectueux alors que je devenais mal à l'aise et nerveux. L'homme-oiseau semblait excessivement agité par ma réponse, comme si j'avais insulté le rêve de toute une vie.

"Bien. Au revoir", a-t-il dit brusquement, en partant avec un geste dédaigneux. Heureux que notre conversation soit terminée, je me suis posé la question de savoir où aller ensuite. J'étais sans abri avec seulement ce que je pouvais porter à mon nom. J'ai décidé de chercher Davis Fington et j'ai facilement trouvé le bungalow de sa famille à la périphérie de la ville. Je me suis dit que puisqu'il avait ruiné ma vie, il me devait au moins un logement ; non pas que je lui en veuille pour la façon dont les événements se sont déroulés en soi.

Quand j'ai enfin pris le taxi pour aller chez Davis, j'ai sonné à sa porte. Une petite fille a répondu à la porte.

"Salut, Vicky, Davis est là ?" J'ai demandé.

"Ouaip, qui êtes-vous ?" a-t-elle dit.

"Je suis son ami Cole."

"Je vais aller le chercher, bye."

"Merci !"

Un peu plus tard, Davis est venu à la porte. Il m'a jeté un regard, puis son visage est devenu blanc.

"Comment a-t-il..." Il a coupé, sa main gauche atteignant derrière son dos pour quelque chose, puis un moment plus tard son corps a brillé en vert.

" Je ne suis pas là pour te faire du mal, je suis venu te dire que je te pardonne pour la façon dont les choses se sont passées... Tu as été obligé de tuer mon père, et tu as épargné ma mère qui méritait pourtant de mourir. Tu as même essayé de me sauver d'elle. Je n'ai nulle part où aller grâce à maman ; pouvons-nous encore être amis ?". J'ai demandé, dubitatif.

"Mec, tu es un putain de zombie !" Le bouclier de Davis s'était transformé en une lumière imperceptible. Bien que je savais qu'il était toujours protégé.

"Je suis toujours moi, je peux entrer ? Si mes yeux sont rouges, vous pouvez me tirer dessus sans culpabilité..."

Nerveusement, il a ouvert la porte suffisamment pour ma chaise. J'ai vu un flash vert quand son bouclier a été désengagé.

La famille de Davis était réunie autour de la télé du salon, captivée par quelque chose. J'ai roulé derrière eux et j'ai vu ma mère et moi aux infos.

"Ce soir, sur Eden News : Sandra Sanburg s'est échappée de l'emprisonnement de Torq avec un petit groupe de prisonniers apparemment améliorés par sa capacité de dynamitage Dyptherite. Dans d'autres nouvelles, des témoins oculaires ont confirmé que Cole Sanburg est en vie ; voici des images prises par des civils curieux... et enfin, les rumeurs selon lesquelles le PDG de Torq, Rahul Torq, aurait injecté de la Dyptherite à sa fille diabétique de type 2 semblent être vraies. Aucune information sur son état pour l'instant. Les autorités de Torq mettent en garde contre les injections de Dyptherite, en vain, car nous avons des rapports sur l'augmentation des ventes au marché noir. Restez à l'écoute demain pour toute mise à jour concernant cette nouvelle ou d'autres nouvelles ! Kaylee Jones, Eden News."

"Ma mère s'est échappée ? !" Je me suis exclamé malgré moi, provoquant des réactions de peur de la part de la famille surprise de Davis.

"Qu'est-ce qu'il..." a commencé le père de Davis.

"Salut, je suis Cole, le gars des infos, je suis l'ami de Davis. Désolé de te faire peur."

"Oh, c'est bon, chéri", a dit la mère de Davis. "Je suis contente que tu ne sois pas mort, désolée d'entendre parler de tes parents comme ça."

"Merci..." J'ai dit tristement, puis Davis et moi sommes allés dans une autre pièce.

Davis faisait les cent pas en me regardant. "Merci d'avoir été si cool à propos de tout ce qui s'est passé, mais pourquoi es-tu ici ?!" demanda-t-il anxieusement.

"Comme je l'ai dit, je ne te veux aucun mal... J'avais juste besoin d'un ami, maintenant plus que jamais."

"Ok cool, bien, mais tu devrais être mort, mec !"

"Eh bien, désolé de vous décevoir, je suis là", ai-je dit en souriant.

"Mais comment ? !"

"J'en sais rien, mec, je viens d'apprendre aux infos que ma mère peut donner des superpouvoirs aux gens. Peut-être que je suis immortel ?"

"Oh, et maintenant ta merveilleuse maman est dehors à donner du pouvoir à des gens dangereux sur un coup de tête, et pour quoi ?"

"Sans doute pour construire une armée. Ma mère aime être en charge ; je suis sûr que son séjour en prison ne l'a fait qu'aimer encore plus Torq..."

"Que vas-tu faire ?" demanda Davis, remarquant mon sourire espiègle.

"Défends-toi", ai-je dit.

Chapitre 2 - Le Pinson Prend Son Envol

"Se défendre... comment ? ! Davis a regardé mon fauteuil roulant, puis moi ; j'ai compris ce qu'il voulait dire.

"Avec ça !" Je me suis exclamé, en retirant la couverture qui recouvrait ma chaise de combat avec enthousiasme. La mâchoire de Davis s'est effondrée.

"C'est quoi ce bordel, mec, tu es venu ici dans un tank ?" Il était incrédule.

"C'est juste un fauteuil roulant lourdement modifié : deux boosters de fusée contrôlés par l'IA, alimentés en Dyptherite, avec deux canons à rotation d'éléments pour couronner le tout. Un petit projet que mon père et moi avons monté pour plaisanter. Je n'ai jamais pensé que j'aurais besoin des armes ou des fusées, mais la cellule d'énergie Dyptherite s'est avérée utile, rapidement", ai-je expliqué.

Davis a recommencé à faire les cent pas. "Alors, quoi ? Tu vas affronter ta mère super-criminelle - qui t'a déjà tué une fois - et ses acolytes tout seul ?!"

J'ai souri gentiment. "J'espérais que vous m'aideriez, sergent."

Davis s'est esclaffé. "Putain non, je ne vais pas t'aider. J'ai une famille dont je dois m'occuper. Torq a déjà essayé de me recruter par holophone avant que vous n'arriviez. Je vais vous dire ce que je leur ai dit : J'en ai fini avec la guerre, fini avec la mort... merci quand même."

"Compris ; ça te dérange si je reste ici de temps en temps ? Je peux payer la chambre et la pension. Je veux juste faire profil bas un peu pendant que je construis une équipe."

"Bien sûr, autant le faire, nous avons deux chambres libres. Mais n'amenez pas votre guerre sur le pas de la porte de ma soeur. A la seconde où les choses deviennent réelles, je veux que vous partiez ; je m'en fiche !" Davis était catégorique. J'ai simplement acquiescé avant de retourner dans le salon. La famille de Davis était toujours plongée dans les nouvelles du jour, mais sur une autre chaîne.

"Ceci vient juste d'arriver : Plusieurs corps ont été trouvés dans les maisons du personnel de Torq. Attention, les images que vous allez voir sont très explicites !"

Le père de Davis a rapidement escorté Vicky à l'étage dans sa chambre. Ce que j'ai vu m'a choqué jusqu'à l'os : Des femmes étaient déshabillées, leur visage arraché à partir de la mâchoire avec de multiples coups de couteau à des endroits précis. A côté de chaque cadavre, il y avait ce qui ressemblait à la forme d'un oiseau dessiné dans leur sang.

"Les trois victimes étaient les épouses de membres haut placés de Torq, c'est le lien le plus fort que les enquêteurs ont, ainsi que le manifeste suivant :

J'ai donné mon corps et mon âme à Torq pour combattre leur guerre égoïste des ressources, mais maintenant, grâce à la Reine Sandra, j'ai acquis le pouvoir de me défendre, et de prendre ce que je veux. Pour l'instant, tout ce que je veux c'est des visages de Torq pour qu'ils ne puissent plus sourire avec facétie de nous, les vétérans abandonnés et privés de leurs droits ! Ayez peur, gros bonnets de Torq, le pinson rouge arrive pour vos familles pour que vous puissiez vous aussi ressentir la perte d'êtres chers comme nous tous ! Quand j'aurai fini de vous briser, vous serez les suivants ! Tout le monde apprendra la folie des fausses promesses !

Le manifeste était signé d'un oiseau rouge. Pour l'instant, la police n'a aucun suspect, car grâce aux images des caméras de sécurité sur les scènes de crime, nous savons que l'auteur du crime peut devenir invisible et semble avoir une super force. C'est tout ce que nous avons comme nouvelles ce soir, c'est John Grandy qui termine pour Helix Press."

Je suis resté assis là, bouche bée. *Le pinson rouge, hein ? Je me demande si c'est l'homme oiseau en colère de la réunion des vétérinaires. Qui que ce soit, s'il a une super force et une invisibilité, je vais avoir besoin d'aide. Il faut arrêter maman. Je sais qu'elle doit être la reine Sandra… qui d'autre cela pourrait-il être ?* Je pensais transpirer d'anxiété. Davis a posé sa main sur mon épaule.

"Vous êtes sûr que vous ne pouvez pas aider ?" J'ai dit avec des yeux suppliants.

"Ouaip. Les tueurs en série sont bien au-dessus de mes compétences", a-t-il dit.

"Mais tu es un sergent de Torq, et s'il vient pour ta famille ? !"

"Alors il rencontrera mes armes avant même de les avoir vues." Davis avait l'air confiant, mais on ne pouvait pas s'attendre à ce qu'un soldat tire sur un ennemi invisible. Inspiré, j'ai décidé de passer une annonce sur mon service de streaming préféré, Glitch, pour toutes les personnes augmentées qui voulaient se rencontrer au sujet des injections de Dyptherite et de ce Red Finch. J'ai signé

Cole Sanburg, en espérant que ma réputation de revenant d'entre les morts susciterait de l'intérêt.

***

Le lendemain, je me suis réveillé avec un message solitaire sur mon poste de Jacinda Torq qui disait simplement "J'en suis". Je l'ai donc contactée pour fixer un rendez-vous dans un café du centre-ville pour cet après-midi. Après quelques supplications de ma part, Davis a accepté de venir, ne serait-ce que pour évaluer la situation de l'intérieur. Le café était pittoresque, petit et presque ordinaire, à part ses décorations en bois naturel. Davis et moi nous sommes assis à une table près de la porte d'entrée, prêts à partir si le pinson rouge se montrait. La boutique était presque vide, donc il était quelque peu surprenant quand une grande femme noire est entrée dans une robe blanche.

"Cole Sanburg ? Je suis Jacinda Torq," dit-elle sèchement. J'ai présenté Davis en lui serrant la main.

"Alors, pourquoi avez-vous accepté de me rencontrer ?" J'ai demandé.

"J'ai découvert grâce à une caméra cachée que les sbires de mon père m'injectaient de la Dyptherite dans mon sommeil. Et maintenant ta mère et ce bâtard de Red Finch sont dans la nature. Je veux tous les faire tomber", a-t-elle dit sérieusement.

"Avez-vous des pouvoirs ?" Davis a demandé.

"En plus de tous mes dégagements Torq, je semble avoir une super-force, mais son utilisation est coûteuse."

"Comment ça ?" J'ai demandé.

"Quel âge ai-je ?"

Confus, j'ai dit : "Quarante peut-être, pourquoi ?"

Elle a fait une grimace. "J'ai vingt ans. Chaque fois que je mange du sucre, je deviens forte mais je deviens aussi super vieille. Et vous deux, qu'est-ce que vous pouvez faire ?"

"Davis est un ancien sergent du Torq et j'ai un fauteuil roulant armé et peut-être l'immortalité. Je n'ai pas testé cette dernière partie..."

Davis a piqué du nez. "Je ne suis pas impliqué dans cette affaire, je fais juste mon devoir pour ma famille", a-t-il dit soudainement.

Jacinda a levé un sourcil. "Bien, alors je demande à Cole, quel est ton plan ?"

J'ai essayé de paraître confiant. "A propos de ma mère ? Pas encore d'indice, mais le pinson rouge ? Je pense que je sais qui il est. J'ai rencontré un type à une réunion de vétérans il y a quelques temps qui portait un oiseau rouge sur sa veste et qui n'arrêtait pas de dire qu'il prenait ce qu'il voulait, comme dans le manifeste des infos. Donc, je pense que nous allons à cette réunion et voir s'il est dans le coin, peut-être le menacer et s'il ne se défend pas, ce n'est pas lui", ai-je proposé.

Jacinda a rigolé. "Super plan, sauf que ça ne l'est pas. Pourquoi un vétérinaire ne se défendrait-il pas s'il est attaqué ? Le fait qu'il riposte ne prouve rien à moins qu'il ait à la fois une super force et l'invisibilité."

J'ai soupiré. "Ok, alors quel est ton plan ?"

"Regarde-moi", a-t-elle commencé, "que vois-tu ?"

"Une femme vraiment attirante", ai-je dit honnêtement.

Elle a souri. "Exactement, la fille sexy et bien dotée de l'homme que notre Red Finch déteste presque autant qu'il semble aimer déshabiller ses victimes féminines. Donc, je dis que nous allons à cette réunion comme tu le suggères et j'insulterai ce bâtard à ses copains, qu'il soit là ou pas. Au cas où ça ne marcherait pas, je ferai la même chose sur la chaîne d'information de papa, juste pour qu'il veuille vraiment me tuer. Puis tu passeras la nuit chez moi avec ton fauteuil de combat et on verra si M. Big Bird se montre pour moi."

Jacinda semblait bien trop confiante pour quelqu'un qui lui suggère d'être un appât pour un tueur mortel.

"Tu es sûr de ce plan ?" J'ai demandé nerveusement.

"Absolument, d'après son modus operandi, il viendrait chercher mon corps un jour ou l'autre de toute façon. Autant rendre les choses intéressantes pour lui. Maintenant, à propos de ta mère et de son armée..." dit-elle.

"Après avoir récupéré le Finch, je propose de revoir ton plan. Je ne sais pas si maman a vu les nouvelles, elle ne sait peut-être pas que je suis en vie, nous pourrons peut-être l'avoir seule de cette façon", ai-je suggéré.

"Marché conclu. Mettons-nous au travail", dit Jacinda en souriant.

Nous sommes allés à la réunion des vétérinaires des Finch, mais le gars avec le manteau d'oiseau n'est pas venu. Quoi qu'il en soit, Jacinda s'est emportée contre les vétérinaires présents au sujet du "bâtard Finch" en disant que son père l'aurait.

Une fois cela fait, le soir tombait, alors nous avons pris un taxi pour aller chez elle, qui était un véritable manoir. Il était plus grand que celui de maman avec deux rangées de baies vitrées géantes - une à chaque étage - des colonnes de marbre soutenaient un balcon géant surplombant l'entrée principale, et il avait un toit en dôme géant avec un paratonnerre à son épicentre. L'intérieur n'était pas moins impressionnant ; des sols en pierre brillante conduisaient le regard, via un motif dans la pierre, à un escalier géant à deux ailes, orné d'un tapis rouge. Chaque pièce était massive. Jacinda m'a conduit au salon du rez-de-chaussée puisque partout ailleurs il y avait des escaliers. Le salon avait une cheminée géante avec une télévision murale à écran plat au-dessus. Chaque mur avait son propre complément de canapés en cuir avec des petits pots en verre de bonbons éparpillés sur les tables d'appoint.

"Papa adore les bonbons ; si vous ne pouviez pas le dire. Tu es le bienvenu pour dormir sur l'un des canapés. Je crierai à Beansprout si j'ai besoin d'aide, puis je descendrai," dit Jacinda.

"Je l'ai. Ton père n'a pas de gardes Torq dans le coin ?" J'ai demandé.

"Oui, mais à quoi servent des soldats contre un ennemi invisible aussi bien entraîné qu'eux ?"

"Juste." Une fois cela établi, il était tard, alors nous sommes allés tous les deux au lit.

Un peu plus tard, je me suis réveillé avec un bruit sourd venant de l'extérieur. J'ai toujours dormi sur une broche et la nuit était calme, il était donc facile d'entendre ce qui ressemblait à quelqu'un qui était tombé. Craignant que ce soit le pinson rouge qui ait tué le gardien de la porte, je me suis maladroitement installé sur ma chaise de combat. Les nerfs ont rendu tout mon corps tendu, donc le transfert a été difficile et terriblement lent. J'ai entendu d'autres bruits sourds dans le bâtiment. J'espérais que Jacinda était suffisamment réveillée pour avoir mangé un beignet ou autre chose.

"LYLA réveillée, Code Cole", j'ai chuchoté. Avant même que Lyla puisse me saluer, j'ai jeté ma couverture et chuchoté "Mode combat !". J'ai entendu un ronronnement silencieux de ma pile à combustible Dyptherite, puis les barils rotatifs de mes canons élémentaires ont commencé à tourner, et enfin il y a eu un *bruit sourd* annonçant que mes propulseurs de fusée étaient engagés. Lyla a fait apparaître un holo-écran pour me permettre de choisir le baril élémentaire que mes canons devraient utiliser ; en l'honneur de papa, j'ai choisi le feu.

Je me suis dirigé vers l'escalier géant du hall principal avec mes armes verrouillées et chargées, j'ai fait un angle sur le palier du milieu et j'ai retenu mon souffle. Il y a eu un autre coup suspect sur le balcon à l'extérieur de la chambre de Jacinda ; c'était le dernier garde. Des moments de silence intense se sont écoulés pendant lesquels j'ai maudit chaque petit bruit que moi ou ma chaise de combat faisions. Soudain, j'ai entendu Jacinda crier de colère, suivi d'un grand bruit de frappement. Quelques autres bruits sourds ont suivi, accompagnés de grognements d'effort. Je regardais attentivement les escaliers. Juste à ce moment-là, je vis le poing de Jacinda traverser l'escalier, suivi de bruits sourds tandis qu'un corps à peine visible tombait dans l'escalier vers moi.

"BEANSPROUT !" Jacinda a crié, alors j'ai ouvert le feu sur le palier tout en hurlant un cri de guerre. Les balles de ma chaise ont atteint leur cible en hurlant, enflammant un homme invisible. Il s'est mis à rouler, hurlant à l'agonie, ce qui l'a envoyé vers moi sur le palier de pierre en dessous. J'ai reculé tandis que Lyla ajustait automatiquement ma visée pour que je puisse continuer à lui tirer dessus. D'une manière ou d'une autre, la cible était toujours en vie, se tordant sur le sol. Jacinda a descendu les marches, puis a frappé son cou enflammé avec son pied. J'ai entendu des os se briser, il a arrêté de bouger.

En souriant, j'ai levé les yeux vers Jacinda, puis je les ai détournés rapidement, en rougissant.

"Quoi ?" a-t-elle demandé, confuse.

"Regarde en bas..." J'ai dit, en riant.

"Oh... wow okay... regarde-moi maintenant !" ordonna-t-elle.

J'ai regardé sa chemise déchirée jusqu'à ce que mes yeux avides tombent sur ses seins exposés.

"Vous voyez : des nichons. Ce n'est plus un problème de nos jours, n'est-ce pas ?" dit-elle avec désinvolture.

"Désolé..." J'ai dit, puis j'ai ouvert mon pantalon pour la montrer. "Ce n'est que justice."

Cette fois, elle a rougi. "Je suppose que oui, maintenant range ça, grand garçon. Ça ne change rien, on est juste des alliés, compris ?"

"Oui, madame", ai-je dit avec un doux sourire. Nous avons réfléchi un moment au cadavre qui se trouvait devant nous.

"C'est le type de la réunion des vétérinaires ?" a-t-elle demandé.

"Il a l'air d'avoir le bon type de corps, mais il est brûlé vif alors c'est difficile d'être sûr..." J'ai répondu.

"Je vais me changer, puis on appellera mon père, il a des experts qui pourront comparer avec les autres scènes de crime."

Avant que Jacinda puisse partir, j'ai attrapé son poignet avec précaution.

"Et maintenant ?"

"Jacinda, tes cheveux !" Je me suis exclamée. Certaines parties de ses cheveux avaient viré au gris vif tandis que son visage s'était soudainement ridé comme celui d'une vieille dame.

"Je vous l'ai dit, mon pouvoir a un coût..." dit-elle tristement avant de se diriger vers sa chambre.

"Lyla, désengage le mode combat", ai-je ordonné avant de laisser échapper un soupir de soulagement. La pièce puait la merde et la chair brûlée. J'ai fini par vomir sur le sol.

Quelques heures plus tard, le père de Jacinda est arrivé avec une équipe complète de gardes Torq ainsi qu'une équipe médico-légale. Il m'a remercié d'avoir aidé Jacinda et m'a même offert des armes Torq que j'ai poliment refusées. Bien sûr, j'aurais pu les prendre pour les vendre, mais j'avais toujours mon million de dollars, donc ça irait, et Jacinda m'avait dit qu'elle essaierait de récupérer ma maison auprès de Torq. Compte tenu de l'histoire de Torq en tant que conquérant, je ne retenais pas mon souffle.

Peu de temps après, nous avons été approchés par le chef de la police scientifique de Torq qui a simplement hoché la tête en signe de confirmation. On avait tué le tueur de Red Finch. *Je suppose que je vais encore être dans les nouvelles,* j'ai pensé.

Bien sûr, les équipes de journalistes nous ont assaillis, Jacinda et moi, lorsque nous avons été finalement congédiés par son père, Rahul, le PDG de Torq Industries. Nous avons répondu à un tas de questions sur l'attaque, ce que nous avons ressenti, ce genre de choses. Puis ils ont demandé si j'avais quelque chose à dire. J'ai hoché la tête.

"D'abord, je veux remercier Jacinda pour avoir fait tout le travail dangereux, j'étais juste là en fait. Ensuite, je veux m'adresser à ma mère, Sandra : Maman, si tu es là, rends-toi, ta guerre est terminée depuis longtemps. Si tu as fait des efforts pour moi, fais-le pour moi, ou je serai obligé de rejoindre Torq pour t'arrêter..."

Avant de commencer à pleurer, j'ai quitté la maison de Jacinda, hélant un taxi pour me ramener chez Davis. Je me sentais horriblement mal ; je suis passé d'un programmeur inconnu à un complice de meurtre, et maintenant je devais me battre contre ma propre mère. Je savais mieux que quiconque que mes supplications étaient tombées dans l'oreille d'un sourd ; il n'y avait aucune chance qu'elle se rende un jour. Dans mon esprit, une question demeurait : que pouvais-je vraiment faire pour aider ? A part être un appât ou quelque chose comme ça, je n'étais pas sûr. Le temps que je me rende chez Davis, j'ai fait la une de tous les journaux. La famille de Davis était tout sourire quand elle m'a vu.

"Mec, tu as aidé à arrêter le tueur au pinson rouge ? C'est trop cool !" Davis a dit.

"Ouaip, maintenant je dois aider à arrêter ma mère créatrice de super-méchants. Je peux compter sur votre aide, Sergent Daveed ?" J'ai dit, en souriant.

Davis a rigolé. "Ça fait longtemps que personne ne m'a appelé comme ça. J'ai arrêté de jouer il y a des mois. Mais oui, maintenant que le Finch est parti, ma famille devrait être suffisamment en sécurité pour que je puisse partir, bien sûr", a-t-il dit.

"Au fait, pourquoi tu t'appelles Daveed en ligne ?" J'ai demandé.

"En l'honneur de Ziva David de ma série préférée NCIS. Je regarde beaucoup de rediffusions", expliqua-t-il. Mon holophone a sonné.

"Un message de Jacinda !" Je me suis exclamé. "Elle veut savoir si elle peut venir ?"

"Bien sûr", dit Davis, "Je serais heureux d'avoir une femme aussi coriace qu'elle dans le coin."

Quelques heures plus tard, un convoi entier de véhicules blindés Torq roulait dans l'allée de Davis. Rahul Torq, Jacinda et une petite armée se sont approchés du bâtiment. Davis et moi sommes sortis pour les rencontrer tous.

"J'espère que cela ne vous dérange pas, j'ai amené quelques amis", dit Jacinda en souriant.

"Heureux de les avoir", a répondu Davis. J'ai juste serré la main de Jacinda.

"Sergent Fington, heureux de vous avoir à bord !" dit Rahul.

"Merci, Monsieur. Vous connaissez mon nom ?" Davis était choqué.

"Je mets un point d'honneur à connaître tous les héros de guerre de Torq Industry. Vous avez démasqué Sandra Sanburg à vous seul et vous nous avez fait gagner la guerre. C'est héroïque pour moi !"

"Désolé de vous le dire, Monsieur, mais je n'ai pas agi seul. Toute mon unité a donné sa vie pour nous faire gagner ce combat, j'ai juste eu de la chance..."

"L'humilité est un signe de grande force. Je respecte cela. Mes hommes savent où se trouve Sandra Sanburg, mais elle est bien gardée. Ne vous inquiétez pas. J'ai apporté des pistolets électriques de niveau S - une spécialité de Torq - et une nouvelle armure anti-élémentaire que nous avons en recherche et développement depuis un moment. Si vous êtes tous prêts, on peut y aller maintenant."

"M. Torq, si vous me le permettez, j'aimerais y aller seul pour voir si je peux négocier avec ma mère de manière pacifique", ai-je dit.

Rahul Torq a juste hoché la tête, puis m'a envoyé une adresse par SMS près des égouts d'Eden city.

Chapitre 3 - La Bataille Des Pinsons

Sur le chemin du champ de bataille, le chauffeur de taxi passe les informations, qui tournent en boucle jusqu'à ce qu'une alerte spéciale soit diffusée par les haut-parleurs.

"Ceci vient d'arriver : Le jour même où la mort du tueur de Red Finch a été confirmée, des imitateurs ont fleuri dans toute la ville d'Eden, visant tous le personnel de Torq et leurs familles. Nous pouvons confirmer, grâce aux notes laissées sur la scène de crime, que Sandra Sanburg est responsable de l'habilitation de ces tueurs et nous spéculons qu'elle est également responsable du choix de leurs victimes." J'ai fait la grimace. *Il faut que ça s'arrête aujourd'hui !* J'ai demandé au taxi de me déposer à un pâté de maisons de là, puis j'ai réveillé Lyla pour qu'elle passe en mode combat. Une fois que j'ai été verrouillé et chargé, je me suis dirigé vers la maison près de l'entrée des égouts. C'était une décharge décrépite. La porte d'entrée était verrouillée, je l'ai donc ouverte avec mon arme à feu gauche et je suis entré, prêt à me battre. Au lieu de cela, j'ai trouvé une sorte d'orgie sanglante avec ma mère assise sur un trône dans une robe blanche. Des pinsons rouges avaient été gribouillés partout sur les murs et un était même peint sur sa robe.

J'ai levé les mains en signe de reddition pour ralentir l'avancée d'une bande d'hommes et de femmes nus qui semblaient tous prêts à me manger.

"Maman, tu dois arrêter cette folie... la guerre est finie !" J'ai dit.

"Non, Cole, tant que les Tiffany respirent encore, cette guerre est loin d'être terminée. Rejoins-nous !"

Alors c'est comme ça que ça doit être, hein ?

"Bien", ai-je grommelé, puis j'ai ouvert le feu sur la foule.

Au-dessus des corps en pleurs engloutis dans les flammes, j'ai vu une lumière cramoisie exploser de ma mère. J'ai concentré le feu sur ses alliés restants, dont certains ne semblaient pas perturbés par mes armes. "LYLA, CHOC MAIN-TENANT !" J'ai crié et mes canons sont passés des balles de feu aux électriques, qui ont subjugué ceux qui étaient encore debout sans difficulté. J'ai entendu le convoi de Rahul Torq approcher, ainsi que ma mère. En rugissant, elle a soudainement fait jaillir une paire de mains cramoisies de sa poitrine, qui ont ouvert un portail dans l'air. En une fraction de seconde, j'ai vu ce qui ressemblait à la Terre, puis j'ai regardé une ville désolée avec un bâtiment au loin. *Est-ce le bâtiment du Parlement canadien ? ! Il a été démoli il y a des décennies pour des raisons de ressources !* J'ai vu maman entrer dans son portail au moment où certains de ses pinsons commençaient à se lever. *Tu ne t'échapperas pas !* "Lyla, fusées, maintenant !"

Mon fauteuil de combat s'est élancé vers l'avant si rapidement que les forces G m'ont collé à mon siège. J'ai ouvert le feu sur le dos de ma mère au moment même où les pédales de mon fauteuil s'enfonçaient dans ses tibias, et nous avons toutes deux été envoyées en spirale dans le portail.

Terre 1 - 2050

Au Québec, un seul soldat a fait de son mieux pour diriger un peuple au bord de la guerre civile.

"Vous n'êtes pas *notre* Premier ministre, vous êtes un dictateur auto-proclamé ! Le Premier ministre est BM ! Le Premier ministre est BM !", scandait un homme en robe grise, suscitant des acclamations et des répétitions de la part de la foule croissante des manifestants. Ils ont commencé à jeter des graviers et tout ce qu'ils pouvaient attraper sur le soldat qui était couvert d'une armure de puissance rouge et blanche. Rien de ce qu'ils lancent n'affecte physiquement le soldat, mais leur ton est désemparé.

"Si vous souhaitez nommer quelqu'un d'autre, je n'ai plus rien à faire", ont-ils déclaré sérieusement, avant de quitter le bâtiment du Parlement et de marcher dans les rues encombrées de détritus. Les manifestants insatisfaits de leur victoire les ont poursuivis avec ardeur. Soudain, une entaille rouge cramoisie s'est ouverte dans le ciel, libérant deux corps engagés dans un combat. Le soldat regarde un homme dans un fauteuil roulant modifié tirer sur une femme à l'apparence similaire dans une robe blanche déchirée.

À la stupéfaction du soldat, des poings géants cramoisis jaillirent de la poitrine de la femme et envoyèrent l'homme, avec sa chaise, dans les rangs des manifestants. L'impact a tué plusieurs personnes sur le coup. Le choc s'est transformé en rage lorsque le soldat a saisi son fusil.

***

Alors que je prenais connaissance de la scène autour de moi et de ce qui semblait être un soldat en armure rouge et blanche, mon fauteuil de combat explosa en rafales multiélémentaires. Sa cellule d'énergie instable en Dyptherite s'est rompue dans le crash. Même avec son corps amélioré et son armure de puissance, le soldat a été envoyé en arrière sous les hurlements mourants des citoyens qui semblaient les avoir appâtés lorsque nous avons traversé le portail. Mon corps fumait parmi les ruines tandis que Sandra se cachait dans un cocon d'énergie cramoisie pendant un moment, sans doute pour reprendre des forces. Le soldat s'est approché de nous avec précaution, le fusil prêt à l'emploi. Je devais avoir l'air mort car je pouvais à peine ouvrir les yeux. Sandra, par contre, c'était une autre histoire. Lorsque le cocon est finalement tombé, Sandra se tenait nue, avec de multiples bras cramoisis sortant de son corps. Le soldat a esquivé l'un des bras alors qu'il l'atteignait, choisissant de le trancher avec son épée fraîchement dégainée. La lame de l'épée a fondu à l'impact. Par réflexe, le soldat a lâché son épée brisée et a rechargé son fusil en un seul mouvement fluide. Des balles perforantes de calibre 50 ont explosé vers l'avant, frappant directement la femme, mais elles ne faisaient que la faire chanceler.

Sans perdre de temps, le soldat fonça, abandonnant son arme pour un bon vieux combat rapproché. Coup après coup, le soldat a pris le dessus tout en esquivant les multiples coups impossibles des bras éthérés de la femme, grâce à leurs réflexes améliorés. La femme était adossée à un arbre géant, alors le soldat s'est retourné et lui a donné un coup de poing à la tête si fort que son corps a traversé l'épais tronc d'arbre dans une pluie d'échardes, ce qui l'a finalement rendue inconsciente. Supposant que le combat était terminé, le soldat a jeté un coup d'œil vers les manifestants morts. J'ai gémi de nulle part. Avant même que je puisse ouvrir complètement les yeux, le soldat était sur moi, le canon de son fusil pointé sur mon visage.

J'ai regardé l'énorme guerrier qui se tenait au-dessus de moi, puis ma mère inconsciente.

"Wow, tu es bon... qui es-tu ?" J'ai demandé.

"Je suis la Force. Ex-Premier ministre du Canada, enlevé par la force. Maintenant je suis juste un soldat comme je voulais l'être. Qui es-tu ?" dit la Force, sans faiblir dans sa préparation militaire.

"Je suis Cole Sanburg, doué d'immortalité par ma mère super-vilaine psychotique que vous venez de faire tomber, donc merci !".

La force semblait bien au-delà de la confusion, car rien de ce qui venait de se passer n'était humainement possible. Ils ont choisi de ne rien dire. J'ai quitté mon fauteuil de combat en rampant, en jurant tout le long du chemin et en ig-norant le fusil qui me suivait.

"J'ai besoin de la ramener à la maison ; peux-tu nous lancer à travers le por-tail ou quelque chose comme ça ?" J'ai demandé à la Force.

Dave s'est exprimé depuis l'intérieur du casque de Force. "Attrape les boost-ers de fusée, j'ai une idée ! " annonça-t-il à travers le haut-parleur intégré au casque. À l'intérieur du casque de Strength, Dave le guida pour qu'il fixe les propulseurs à l'arrière de son armure. Une fois que Strength eut terminé, Dave programma l'armure de puissance pour qu'elle envoie du jus aux fusées, qui s'an-imèrent.

Sans mot dire, la Force a pris les deux Sanburgs sous le bras, puis s'est en-volée vers le portail, laissant leur Terre derrière elle pour de bon.

J'ai ouvert les yeux et j'ai été choqué de me retrouver dans la maison des Red Finch, entouré de cadavres nus. J'ai levé les yeux pour trouver Davis, en tenue Torq, avec Jacinda et son père. Jacinda s'était clairement battue, car maintenant elle semblait avoir environ quatre-vingts ans. Son père devrait faire face à son propre jugement pour lui avoir permis d'être augmentée, bien que ce ne soit pas mon problème. La force m'a gentiment remis à Davis tout en gardant un œil sur ma mère qui avait commencé à remuer.

"Je ne sais pas qui vous êtes, mais cette femme est une criminelle ; jetez-la sur le tas avec ses semblables et nous nous occuperons d'elle... Cole, regardez ailleurs !". Rahul Torq a ordonné. Sans poser de question, Strength obéit. Rahul, Davis, Jacinda et une escouade de soldats ont ouvert le feu sur ma mère jusqu'à ce que son pouvoir cède dans une explosion cramoisie et qu'elle soit réduite en cendres. Tout ce que je pouvais faire était de pleurer et de frapper de mon po-ing la poitrine blindée de Davis. Le portail de maman s'est fermé quand elle est morte, abandonnant Strength sur Helix-6 sans possibilité de rentrer chez elle.

"C'est fini..." Davis a finalement dit. Je l'ai juste regardé fixement avec des yeux pleins de larmes. Je suppose que j'avais juste besoin de quelqu'un sur qui communiquer ma rage d'orphelin. Je savais, depuis le moment où maman m'a tué, qu'il n'y avait pas moyen de la sauver, mais je n'aurais jamais pensé que cela en arriverait là. Tant de morts pour une guerre que Davis avait déjà terminée.

"Qui es-tu, guerrier ?" Rahul a demandé la force.

"Je suis Strength, ex-Premier ministre du Canada, originaire de ce que je ne peux que supposer être une Terre différente de la vôtre", ont-ils dit en regardant l'architecture asiatique moderniste et les rues propres de la ville d'Eden.

"Enlevez votre casque, soldat", ordonne Rahul et Strength s'exécute, laissant apparaître à la lumière du jour leur visage féminin et leurs cheveux roux.

"Quel est votre nom complet ?" Davis a demandé.

"La force", ont-ils répondu d'une voix douce mais autoritaire.

Davis m'a regardé et n'a reçu qu'un haussement d'épaules larmoyant. Un gentil soldat de Torq m'a apporté une chaise, Davis m'y a doucement installé.

"Eh bien, Force, peu importe qui vous êtes et d'où vous venez, Torq est toujours à la recherche de nouvelles recrues. Que dirais-tu de devenir un soldat ?" Rahul a demandé.

"Je suis déjà un soldat, des Forces spéciales canadiennes, formé depuis mon plus jeune âge sous les ordres du général Zai," répondit Strength avec une pointe de fierté.

"Parfait ! Vous avez rendu un grand service à Torq en sauvant Cole Sanburg et en nous livrant Sandra Sanburg. Vous ne connaissez probablement même pas l'étendue de vos réalisations aujourd'hui, mais il suffit de dire que vous venez de sauver de nombreuses vies et de mettre fin à un conflit de plusieurs décennies. Je peux personnellement vous offrir le grade de capitaine et une équipe à former. Nous pouvons également vous fournir une nouvelle armure et de nouvelles armes ; il semble que les vôtres soient assez abîmées", a-t-il déclaré.

"Je serais heureux de former de nouvelles recrues pour les épreuves ! Bien que je n'aie pas besoin d'une nouvelle armure, merci, cette combinaison est unique en son genre maintenant." La force semblait excitée.

"Quelles sont les épreuves ?" Davis a marmonné. J'ai juste haussé les épaules.

Epilogue

Grâce à Rahul Torq, j'ai récupéré ma maison, ce qui était génial. J'ai décidé de louer de nombreuses pièces du manoir aux pauvres pour ce qu'ils pouvaient payer. J'ai même reçu mon héritage de maman, vu les circonstances, pour ne plus jamais avoir besoin d'argent. Cela ne m'a pas empêché d'accepter un rôle de chercheur en IA pour Torq dans l'ancien siège de Dyptherion, ce qui n'était en fait qu'une excuse pour utiliser les ressources de la société pour recompiler Lyla. Davis est retourné auprès de sa famille. Pendant ce temps, Strength excellait dans son rôle de capitaine de Torq, surtout après que Davis leur ait donné son bouclier énergétique pour qu'ils n'aient pas à remplacer leur vieille armure après tout. Davis m'avait dit que l'unité de Strength avait éliminé les autres citoyens augmentés d'Helix-6 avec beaucoup de succès. Des questions tournaient encore dans mon esprit sur la moralité et les résultats de l'utilisation continue de la Dyptherite par l'humanité, mais l'injection directe était passible de la peine de mort maintenant, donc plus aucun super-vilain ne devrait en sortir. Dans l'ensemble, j'étais finalement satisfait de vivre mon immortalité comme je l'entendais.

Merci !

Merci de lire ma collection. Cela signifierait beaucoup si vous laissiez une critique sur Amazon, Goodreads, etc. Mais surtout sur Amazon, car cela aide grandement un livre dans la bataille sans fin pour obtenir des ventes.

Merci pour votre temps, j'espère que vous avez apprécié mon travail.

Regards,

Lia Ramsay

Made in the USA
Middletown, DE
01 October 2021